火で味付けされたもの

ランディ・ルービエ［著］
糟谷恵司［訳］

Seasoned by Fire
Randy Loubier

［発売］いのちのことば社

目次

◆どんな船にも船長がいる

「どんな船にも船長がいる」。織田カイの兄はそう言った。

その言葉は、日本海の波のようにカイの心を揺さぶった。四十五歳になったカイは、再び舵を取った。航海は、彼にとって趣味でも仕事でもなく、生きるための手段であった。海水、船、そして船の乗組員たちは、長髪やひげと同じように、彼を形づくるものの一部だった。

両手で舵を取りながら、彼は自分自身に微笑みかけ、創造主が造られた輝く夜空を見あげた。今回の航海は、これまでのものとは違っていた。

彼にとって海外貿易は儲かるもので、一生分の財産を蓄えた。しかし、一年年前、彼は自分の人生に何かが欠けていることを悟った。多くのものが欠けていたのだ。結婚もせず、家族も持たず、大人になってからは海を愛人としていた。

彼の正式の名は信界（のぶかい）だが、その名を知る者はいない。彼は、一度も会ったことのない父、織田信長によって名付けられたのだ。一五八二年まで、彼の父は有名な武士、天下人として伝説的な人生を送っていたが、彼がまだ胎内にいる間に、紅蓮（ぐれん）の炎に包まれてその生涯を閉じたのである。カイには偉大な父の名声と、疎遠で鬱屈した母が残されただけだった。

信界の子ども時代は、恵まれた環境ではあったが、隔離された存在であった。兄弟はずっと年上で、一番近い兄は二十八歳も離れている。そのため、兄弟は信界に関心を持たず、さらに悪いことに、兄弟たちから、父の死因が信界にあると思われているらしかった。母性に乏しい母は、カイにとってさらに母親らしくない存在だった。そんなさまざまことがあって、十五歳の時、カイが家を出て日本海を愛するようになったのも無理からぬことであった。雇ってくれる船を見つけては、数週間以上、陸に戻ることはなかった。一年前までは。

カイの興味は南の夜空に移った。数分後、彼は三つの稲妻に気がついた。その稲妻が空を照らし、嵐を呼ぶ雲をとらえることができた。五日間の旅に出たその日、天気は良かったが、雨が降りそうな気配がした。

カイの副官であるエンジが、後ろから船長であるカイに声をかけてきた。彼らは、航海の半分以上を一緒にしてきた。清(しん)(今の中国)や朝鮮への渡航も多く、日本海を居住地としていたこともある。しかし、二人は単なる船員や商いの仲間以上の関係だった。何十年も一緒に航海しているうちに、親友になったのだ。まるで老夫婦のような間柄であった。

背筋をピンと伸ばし、両腕を九〇度の角度で伸ばし、両手で舵を取るカイの姿勢から、船長が深く考え込んでいることがエンジにはわかった。

エンジは沈黙を破った。「私が見ているものが、あなたにも見えていますか? 遠くで嵐が起きているようだ。雨が降り出すまで三十分はあるでしょう」

カイは数秒考えてから答えた。彼はこの十四か月間、兄の信正と一緒に北陸の山奥にある山小屋で過ごしていたのだ。海から遠ざかって十四か月！　それはカイにとって、少年時代以来の初恋の相手との長期間の別れのようなものだった。

そして今、海に戻って最初の航海が始まって数時間後、彼はこれまで何度も経験したように、嵐が吹き荒れるのを見た。しかし、この嵐は新しく、刺激的で、預言的なものに感じられた。

「想像しなよ」と、彼はエンジに答えた。「一年以上の久しぶりの航海で、創造主が見事な芸術作品を披露してくださってるのさ。真っ暗な夜空を照らすその光！」

エンジはカイと肩を並べるように前に出た、その瞬間、甲板に一陣の風が吹き荒れ、空に稲妻がいくつも走った。雷が鳴り響き、轟音が響き渡った。そして、二回目の突風が二人に襲いかかり、荒れた船旅を予感させた。エンジは「帆を二枚降ろして、嵐に備えましょう」と大声で叫んだ。

「ありがとう」とカイは答えた。


カイの心臓の鼓動が少し速くなった。恐怖からではない。経験上、嵐になれば航海はより困難なものとなり、乗組員の命に対する責任も生じる。カイは大人になってから、その技術を習得することに時間を費やしてきた。そして、待ち受ける試練に耐えてきた。

カイは、兄信正と年齢的にも関係的にも一番近かった。信正は二十八歳年上であったが、カイと一緒に暮らしていた。信正は、優しく、静かで、勉強熱心で、平和で心満ち足りた男だった。信正は四十一歳の時、基督教の宣教師と出会い、改宗していた。

しかし、日本ではキリシタン（基督教徒）であることは危険だった。一五四九年に基督教伝道者が初めて日本に上陸して以来、多くの人々がこの宗教を愛した。しかし、支配階級の一部は、外国勢力の侵略の隠れ蓑として不信感を抱いた。一五九五年、信正が改宗したことは、一族にとって天下人から疎まれる危険があった。

その年、十三歳だったカイは、兄がキリシタンであることを理由に追放されるのを見届け、それ以来、兄と会うことはなかった。信正は陸奥国の北端にあった湊町・弘前から、さらに山間部に入った人里離れた山奥で物資と道具を与えられ、一人で生きていくことになった。

ここ三十年間、カイは時々、弘前湊に出入りしていたが、そのたびに、兄はまだ近くの山で暮らしているのだろうかと、兄のことを思い出した。そして、一六二六年、四十四歳の時、カイはそれを確かめようと決心した。


六十秒もしないうちに、乗組員全員が甲板に出て、仕事に忙殺された。その当時カイの船の乗組員であることは名誉なことだと考えられていた。彼は偉大な船乗りとして知られているだけでなく、日本で最も優れた海外貿易商の一人でもあった。海運業の世界では誰もが彼を尊敬していた。彼の乗組員たちは、十分な報酬が与えられることを知っていただけではなく、取引業者たちも、カイが常に最高の商品を用意していることを知っていた。

乗組員たちは、船の甲板を急ぎ足で走り、帆を降ろしたり整えたりし、荒波に備え甲板を準備した。カイには、その準備が完了するのと嵐が来るのとは僅差になると思った。稲妻が激しく光り、雷の音は風の音よりも大きい。船員たちの動きは訓練されており正確であった。彼らは、作業の順序や、必要な人数、いつエンジに報告すべきかなど、日頃の訓練の成果が表れていた。

苦労の末、陸奥でカイは兄の信正を見つけることができた。その再会は喜びであり、人生を変えるものとなった。仙人として生きてきた信正は、生き延びただけでなく、幸せだった。最初の二、三年はまさに命がけで大変な生活だったが、温泉地の近くに時間をかけて丸太小屋を組み、暖炉を作り、動物小屋を作った。捕獲した動物の毛皮を弘前で取引し、季節ごとの活動周期をつかんだのだ。それは、信正と創造主との共生であったと言える。

信正は、徳川幕府が反基督教的な政策を強める中で、キリシタンとして生活することの危険性を身をもって知っていた。しかし、彼は創造主を知ることの喜びも知っていた。この二律背反は、彼にとってむしろ情熱となった。彼が神に問い続けた基本的な問いかけは、「日本人があなたを外国の神だと誤解しているのに対して、あなたが私たちに与えてくださる喜びを彼らに理解してもらうにはどうしたらいいのか」ということであった。

長年にわたる孤独な生活の中で、信正は東洋的な聖書の学び方を身につけた。信正は、あわれみ深い創造主なる神が日本人（人類）を創造され、日本人を愛し、日本人に御自身を現されたと理解した。『古事記』や『日本書紀』でも、そのように書かれていた。しかし、日本人は、海外勢力の侵略を警戒し、基督教を拒んだ。信正と日本人は、当然のことながら、侵略を拒否した。そして、混乱の中で、多くの日本人は創造主をも拒絶してしまったのである。

そこで信正は、日本人の理解の溝を埋める手助けをせざるを得なくなった。そして、聖書の基本を密かに教える「茶室絵巻」を使った伝道法を開発し、茶室で披露した。外から見れば世俗的な茶会なのだが、招かれた人々が茶室絵巻を通して「耶蘇の喜び」を発見する個人教室となった。
カイは十四か月間ずっと茶室絵巻を通して聖書を学んだ。それはカイの視点を変え、兄が言った喜びを見出した。そして、聖書が真実であることを理解しただけではなく、カイの心と霊は新たにされた。

カイは「織田温泉」の茶室で勉強を続けながら、茶室絵巻を東洋全域に持ちだす必要を感じていた。そして、兄を説得することを決意した。
信正は、カイの考えを了承した。巻物は日本人のために作られたものだが、信正は、日本はゆっくりとお茶を淹れるから、これからも長い期間、創造主を拒み続けるだろうと預言していたのだ。信正は、神が日本人に特別な機会を与えてくださると語った。そして、神は日本人に、「和」「清」「知」「義」という神が尊ぶ価値観を持ち続ける忍耐力をまず与えた。その後、時が来れば日本人は信仰を爆発させるだけでなく、世界を神の価値観に戻すよう導くのだ、とも。

嵐の中へと進もうとしている船を見ながら、カイは兄が語った神の計画を思い出し、自分と自分の使命に特別な油注ぎがあるのを感じた。その使命とは、日本の北部山岳地帯でよく育つ高山植物の茶葉を清で探すことだった。カイの兄はお茶に強い関心を持っていた。彼の茶道は、信仰を祝う大切なものであり、拠点である陸奥国ならではのお茶を望んでいた。しかし、夏でも寒冷で湿った風が吹く本州北部の山中で、儀式用の茶葉を育てるという難題を克服できていなかった。

そこで、ふさわしい茶樹を日本に輸入することを使命とする一方、茶室絵巻を輸出することを使命とするようになった。カイは、それまでにない情熱と目的を持って燃えていた。地上の父は日本の政治的統一に尽力した伝説の人物だが、カイは今、日本にとってもっと大きな影響があることに使命を感じて生きていた。


カイは甲板に乗組員を呼び寄せた。

「みんな、ちょっと集まってくれ」と、カイは乗組員たちに言った。「宇宙の創造主なる神様への信仰を持っている者ばかりでないことは承知している。しかし、私の久しぶりの航海で、嵐がすぐそこまで来ている。これから、どのような航海になるかわからないので、私たちのため、そして船のために今から主に祈りたい。どうかその間、頭を垂れ、目を閉じてほしい」

何人かの男たちは、すぐにエンジのほうに視線を移した。副船長のエンジも、船長が求めたことに軽く頷いた。

「天の父よ」カイはそう祈り始めた。「この航海を成功させるために、あなたが私たちを祝福してくださったことに感謝します。私たちが清に上陸するまで、航海を整え、私たちの冒険を祝福してください。ここにいる乗組員一人ひとりを守り、私たちに安らぎと自信を与えてください。私たちが行うすべてのことに、あなたの御心が行われるようにしてください。御子耶蘇（イエス）の名において、この祈りを捧げます。アーメン」

彼は祈りを終える少し前に、目をあけながら頭を上げると、自分を見つめる乗組員たちの冷ややかな視線に驚きを隠せなかった。一六二七年当時、日本では基督教徒であることを公にできず、それを公表すれば迫害や死を招く可能性があったからだ。男たちは、見えない、そして災いを招く外国の神にではなく、幕府の命令に従うことにしていることは明らかだった。

カイは、男たちをそれぞれの持ち場に戻した。

「どんな船にも船長がいる」。その言葉は、温泉を出る前に信正がカイに言った最後の言葉の一つだ。いま、その言葉が、現実として起こっていることを見ながら、カイの心は燃えていた。

そして、嵐の中で船体をまっすぐに保つために戦っている乗組員たちの姿を見て、信正の言葉が賢明であることを知った。船長の権威を否定することは、個人の命を危険にさらすことになるが、日本人にとってより重要な和を破壊することは、共同体全体を危険にさらすことである。

日本は醸造される、つまり変化するのが遅い国かもしれない、とカイは思った。しかし、いずれは、我々の文化が創造主の価値観とぴったり合うのは偶然ではないことを知るだろう。そして、その時、日本人に大きな喜びをもたらし、日本人なら誰もが心の奥底で知っている、日本国の独特の個性である「國體（国体）」に真の意味を与える、輝かしい目覚めとなることであろう、とも。

◇大変だった渡航

「熱いお茶をどうぞ」。客室乗務員はそう言って、マリアのトレイにカップを置いた。「ありがとう」。マリアは茶色いお湯の入ったカップを見て答えた。あと二時間で、上海に到着する。お茶への愛情は、マリアが中国に魅了される理由の一つであった。

彼女は紐を持ち上げ、ティーバッグをカップの中でかき回し、あとどれくらい蒸らせばいいかを計った。そして、マリアはカップを唇に近づけて一口飲んだ。

「これはリプトンだけど、もうすぐ美味しい紅茶が飲めるわ！」マリアはカップをトレイに戻しながら、そう呟いた。

マリアはドイツのフランクフルトにある大学で数学を専攻している三年生だった。つい数週間前、期末試験の最中に、彼女は夏に旅行しようと考えた。両親からも、存在しない恋愛からも、哀れなほど輝きのないドイツでの学生生活からも離れて。二十一歳の彼女は過度に干渉する両親から今までにないほど遠く離れた、中国へ向かう途中だった。

前学期、彼女はほとんど学校についていけなかった。うつ病とまではいかないが、精神的に元気がない。このような精神状態になったのは、何か一つのきっかけがあったわけではなかった。ボーイフレンドと別れたわけでもなく、大学が嫌になったわけでもなく、薬物を乱用したわけでもなく、通常の道を踏み外すような原因があったわけではない。ただ退屈だったのだ。情熱のない退屈な毎日が、彼女に「何かを変えなければ」と思わせたのだ！

彼女の人生は、常に秩序正しかった。ドイツのノイブランデンブルクに生まれた時から、彼女の生活は快適であったが、退屈な状態が日常であった。

しかし、それを口に出して言うのは難しい。人はマリアを、態度が悪く、高慢で、恩知らずだと判断するかもしれない。しかし、それはマリアには当てはまらなかった。彼女は心の奥底で、人生への冒険や情熱、目的があることを知っていた。彼女は友人たちの多くがそれを求めて、セックス、ドラッグ、学業の達成、危険が伴うスポーツなどにのめり込むのを見てきた。彼女も昨年まで、クラストップの成績で、スケートボードパークでも目立つ存在だった。しかし、彼女自身や友人たちを観察していると、充実感に十分満たされてはいなかった。

それを変えてくれるのが、中国だった。彼女はこの新しい冒険について、いい予感がしていた。新しい自画像を描くための鮮やかなパレットを見つけ、チャンスをつかむ準備はできていた。彼女は、三歳の時に幼稚園で習い始め、大学まで続けた中国語（北京語）を、かなり上手に話すことができた。ラプサン・スーチョン紅茶が一番の好みだったが、ジャスミンやさまざまなウーロン茶、緑茶も好きだった。

彼女の中国での夏は、冒険的で（予定が決まっていない！）、ロマンチックで（できれば！）、自己実現的な（何か生きる価値を見出せるはず！）ものになるように期待していた。少なくとも、両親の監視の目から逃れることができるのだ。

マリアは紅茶をもう一口飲むと、母親が用意してくれたトレイルミックスの袋を開けた。その時、突然、飛行機の前方で騒ぎが起こった。床を叩く音から始まり、叫び声や悲鳴が上がり、四人の男性がそれぞれ機内の別の位置から立ち上がった。「皆、席に着いて、我々の言うとおりにしろ。そうすれば、誰も傷つけない」と、四人のうちの一人が機内の全員に聞こえるような大きな声で叫んだ。「火薬の詰まったリックサックを持った四人と、飛行機の操縦をする二人がいる」

誰もが、四人の男がそれぞれリックサックと拳銃を持っているのを見た。二人のハイジャック犯が乗客を人質に取り、それぞれの人質の首に腕を巻きつけている。他の二人のハイジャック犯はコックピットに向かい、入れないと人質が傷つくと要求している。数分間、激しい口論が続いた後、コックピットのドアが開いた。二人のハイジャック犯がコックピットに入り、パイロットと副操縦士は、乗客の席へ出された。

マリアの心臓の鼓動はあがり、パニックに陥いっていた。手のひらに汗をかき、マリアの左足はいつの間にか震え始めた。

「冷静に」。マリアの隣の席に座っていた男がささやいた。「彼らの言うとおりにしていればいい。彼らは私たちを傷つけても何の利益もないのだから」

機内の多くの乗客が大声で泣き始めた。

「静かにしろ」。ハイジャック犯の一人が叫んだ。彼はマリアから数列のところに立っていて、乗客の一人の首に腕を回していた。

「皆、よく聞け」とイギリス訛りの声が飛行機のインターホンから聞こえてきた。「我々は今、飛行機を完全に支配している。上海の空港関係者に我々の要求を伝えた。我々の要求が満たされる限り、誰にも危害を加えることはない。全員、座席に座って静かにしていろ。そうできなければ、我々が静かにさせる」

「静かにしろ」と、マリアの隣に座っていた男性が、後ろの席の乗客に言った。すぐそばの列に座っていた数人が、どうやってハイジャック犯を追い出そうかと興奮気味に話していた。彼らは、逆襲してパイロットをコックピットに戻す計画を話し合っていた。

ハイジャック犯の一人が、マリアが座っている列まで歩いてきて、「黙れ」と叫んだ。彼は人質を押しのけてマリアの腕を摑み、座席から引きずり出した。

「お前は指示に従うのが苦手なのか?」とその男はマリアに問いかけた。

「いいえ」とマリアは答えた。「話したのは、私ではありません」

「じゃあ、誰だったんだ?」

「私は知らない。私の後ろから話し声が聞こえたわ」とマリアが答えると、ハイジャック犯はマリアを回転させ、首の後ろから腕を巻き付けた。

「この中で我々の指示に従えないのは誰だ?」と男は叫び、マリアの首筋を強く締め上げた。

「失礼します」と客室乗務員は少し大きな声で言いながら、マリアの肩を叩いた。

「助けて!」マリアは座席から飛び上がりながら叫んだ。

周囲の乗客は振り返り、何が起こっているのか見ようとしていた。マリアは目の前の座席を摑み、必死で周囲を見渡した。誰も彼女の首を摑んでいる者はいなかったし、ハイジャック犯もいなかった。すべては恐ろしい悪夢だったのだ。

「大丈夫ですか？」と客室乗務員は尋ねた。

「ごめんなさい」とマリアはささやき、自分が引き起こした騒ぎに恥ずかしさを覚えた。「悪い夢だったんです。本当にごめんなさい」

マリアは座席に座り直し、他の乗客が自分を見たがっていることから顔を隠そうとした。

「着陸の準備に入りました。シートベルトをお締めください」と客室乗務員は彼女に告げた。

「もちろん」と、マリアは答えた。

マリアは、飛行機の中で起こしてしまった恥ずかしい場面から逃げたくて、できるだけ早く空港を後にした。空港の外に待機していたタクシーを拾い、両親が夏の間借りてくれたアパートへと向かった。

マリアは、アパートの広さに驚いた。中国の部屋は狭いことで知られている。キッチン、リビングルーム、ダイニングルーム、玄関、そして大きなバスルームが完備された一ベッドルームのアパートを両親は手配してくれた。

彼女はスーツケースの荷物の整理をした後に、キッチンの引き出しや棚を開けて、収納場所の見当をつけた。壁時計は、上海時間の午後五時過ぎを告げていた。フランクフルトは上海より七時間遅れているので、彼女はすぐに電話で、無事に到着したことを母に知らせた。

マリアは、初めて上海の街を歩く前に、寝室のドアの内側に掛けてある全身鏡に目をやった。明るい茶色の髪は、肩から数センチ下の位置でまっすぐに伸びている。ドイツ人特有の丸い頬骨と白い肌。父親は大柄でがっしりした体格だったが、ありがたいことに、彼女は母親似で、服のサイズは二号だった。

ゴージャスというより、キュートという表現がふさわしく、彼女には雰囲気があった。しかし、大学時代のある青年は、彼女にこう言ったという。「君は、人を寄せ付けない印象を与えるね」。それは、マリアにとってふさわしいことだったのかもしれない。彼女の考えでは、男性は未熟である。彼女よりも自分の欲求に興味があるのだ。

その夜の自分を見つめながら、彼女は自分の中の変化を感じた。飛行機に乗っている間に、どういうわけか、彼女は変わってしまったのだ。自分の気持ちがオープンになったように感じた。親しみやすさより、興味を感じてもらえるようになりたかった。旅に出ることを望んでいるし、チャンスをつかみたい。そして、ここ中国での生活がどんなものになるのか、確かめる準備はできていた。

ドイツ人の彼女が、ピンクの夏ドレスを着て、褐色のビーチサンダルを履き、アジアへの旅行者であることが見え見えだ。しかし、彼女はそれでいいと思っていた。財布と鍵を手に、初めての上海の街へ。自由と冒険が待っている。

◆誰がより力を持っているか？

二時間が過ぎても嵐の風はまだ強かったが、猛烈な突風は止んでいた。船長や乗組員にとっては少し気楽になった。そして、カイは別のことを考えていた。新約聖書の使徒の働きの中で、使徒パウロが嵐で船が難破した時の心境を思い浮かべていたのだ。雷や稲妻はどれほど不気味なものだっただろうか。難破するほど強い突風とはどんなものだったのだろうか。パウロは嵐の中でどのように祈ったのだろうか？

カイの長年の航海の中で、難破は彼が経験したことのない唯一の航海体験であった。海で遭難したり、何日も配給なしで航海したり、海に落ちた船員を助けるために氷の海に飛び込んだり、荒波にさらわれて海に落ちたり、海賊に遭ったり、若い頃に船上での反乱を目撃したり、大砲で自分の船を爆破されたこともあった。しかし、カイは難破に巻き込まれたことは一度もなかった。彼は頭の中で、パウロが嵐に遭った時の言葉を言いながら、本能的に木製の舵輪を叩いて幸運を祈った。

「おっと」。カイは大きな声で言った。「またしてしまった、もうこれ以上しません。天のお父様、ごめんなさい。もう迷信的な祈りはしません。あなたが全能なる神様です！」

兄と過ごす前、カイは基督教の信仰に「反対」していたわけではなかった。しかし、意見を言うほどの知識も関心もなかったのだ。カイは、数週間にわたって海に出ることが多かった。そして、船上では、自分の考えや感情を瞑想する時間がたくさんあり、そのほとんどは頭の中に閉じ込めたままだった。

一年前のカイなら、誰にどのように祈るか、どのお守りが自分の安全を守るか、どうでもよかった。航海はもともと危険なものだから、船乗りの間では偶像礼拝が一般的だった。カイにも迷信はあった。たとえば、ひげを伸ばしていたのは、ひげが生えると幸運が訪れると思ったからだ。彼は父親を崇拝し、偉大な侍である先祖が自分の安全を守ってくれていると感じていた。

船員たちは、互いの偶像に疑問を抱いたり、誰の偶像がより強い力を持っているかを競ったりすることはなかった。それは人それぞれの選択であった。

しかし、信正はカイに問いかけた。「お前の人生に変化をもたらす力があるのは誰だと思う？創造主である神様、それとも髭、それとも先祖？」

論理的に考えれば、答えは一つしかない。

カイは航海コースを確認し、わずかに舵を修正した。嵐はこれまで見た中で最もひどいものではなかったが、不安を感じた。一年以上陸上で過ごしてきたため、神経が少し疲れているのだろう、と推測した。あるいは、魂に何かしっくりこないものがあったのかもしれない。船の甲板で、何かがおかしいと感じたのだ。

副船長エンジが操縦室に戻ると、カイが「私の信仰について、船員たちはなんと言っている？」と声をかけた。エンジは、ちょっと間をあけて答えた。「正直に言います。船員の一人があなたへの疑問を口にし、その波紋が他の船員に広がっているんです」

カイの疑惑は的中した。

「何と言っているんだ。私の信仰が乗組員からの尊敬を損ねるとでも言うのか」

エンジはカイの目をじっと見て言った。「この船の常連の船員たちは違います。彼らはあなたの下で長い年月を航海してきたので、そんなことはありません。彼らは、内心あなたの信仰に反対することはあっても、それで仕事を邪魔することはありません。この航海が終わった後も、あなたの乗組員の一員でありたいと思っているはずです」

カイは友人であるエンジの声にためらいがあるのを感じた。そして、「しかし」という言葉が続くのを彼は知っていた。

「イーチェンという、清に帰国するために乗船している男を覚えてるでしょう」とエンジは続けた。「彼が騒ぎたてている一人なのです。彼はあなたの統率力と男気に疑問を抱いているのです。彼は説得力があるので、彼の疑問や発言が、何人か乗組員に疑問を抱かせることになっているのです」

カイは遠くを見つめていた。「君はどう思う。私の基督への信仰は、君に疑問を生じさせているのか」

船長の問いに、エンジは声を上げて笑った。

「カイ、あなたが信じていることや、信じていないことが、あなたの船長としての能力に疑問を抱かせることはありません」とエンジは答えた。「何かにあなたの命を捧げると聞いてびっくりしたことは事実です。しかし、あなた自身への、また私たちの友情、貿易商そして船乗りとしてのあなたの能力に対する尊敬の気持ちは変わりません。私はいつもあなたの味方です」

「だけど、少し心配しています」とエンジは続けた。「イーチェンは厄介です。彼は耶蘇（イエス）を信じていないだけでなく、あなたが信じていることがかなり気になっているようです。だから気をつけてください。カイ、それが言いたいだけです」

カイは船長室で、一人寝台に横たわって天井を見つめていた。カイにイーチェンのことを注意した時のエンジの目には、何かが映っていた。イーチェンはしばらく日本に滞在し、清に向かう船への乗船を待っていた。それは、ちょうど日本の幕府が外国貿易を制限するとの布告を出したところだった。いずれ日本船は海外への渡航が禁止され、清とオランダ以外の船は入国できなくなり、すべての港が厳しく監視されることになる。

カイがイーチェンと知り合ったのは、この航海が始まる二週前のことだった。すべてうまくいくように思えた。イーチェンは清に行くのに船が必要だったし、当局の干渉を避けるには、甲板員として雇われるのが一番安全だった。イーチェンは「有名な船長の下で働けるのは名誉なことだ」と話していた。

しかし、出発の二日前、カイがキリシタンになり、その信仰を清に伝える計画を立てていることを知ると、イーチェンのとげとげした態度が顕わになった。イーチェンは、自分の身が危うくなるようなことはしないと決めていたが、すぐにカイを陥れる策略を練り始めた。東洋に耶蘇(イエス)や聖書の居場所はない、ましてや自分の故郷である清にはない、ということをカイに教えようとしたのだ。

◇素敵な一杯のお茶

上海の街は、地元の人たちと観光客で溢れていた。マリアは通りを歩きながら、二つの異なるグループの人たちに気づいた。地元の人たちは、頭を下げて、観光客の間をできるだけ早く通り抜けることを使命としているようである。対照的に、観光客は頭を上げて、あらゆるものを見ている。この界隈には、お土産物や生活必需品を売る店が無数にある。街は、ドイツ全土を照らすかのようなエネルギーに満ちていた。

何の計画もなく、マリアはランダムに方向を決め、数ブロック歩いた。食料品店、レストラン、そして紅茶を扱う小さなコーヒーショップを二軒見つけた。彼女は、食料品を買いに戻る前に、試しに一杯飲んでみることにした。お茶を待っている間、アジア人、ヨーロッパ人、南米人、北米人など、さまざまな人種が共存するこの街に喜びをおぼえた。オーストラリア訛りの英語も耳に入ってきた。多様な民族のミツバチが、独特の甘いハチミツを作っているのだ。マリアは内心で微笑みながら、中国で初めて飲む中国茶を待ちわびた。

「こんにちは」。マリアのテーブルの端にウェイターがきた。「お食事ですか？　それとも地元の紅茶やコーヒーのメニューをご覧になりますか？」

ウェイターは、マリアが想像していたのとはまったく違っていた。彼は彼女と同じくらいの年齢で、魅力的な日焼けした白人の青年で、完璧な英語を話した。

「今晩は紅茶にします」とマリアは答えた。

「この店のメニューをご存じですか？　それとも紅茶のメニューをご覧になりますか？」とウェイターは尋ねた。

「この街に来たのは今日が初めてなんです。もちろん、ここも初めて。メニューを見せていただけるとありがたいです」とマリアは返事した。

その青年は、ラミネートされた紅茶とコーヒーのメニューをマリアに渡し、数分後に注文を取りに来ると言って離れた。そのウェイターのハンサムさは、マリアを驚かせた。彼はブロンドの短髪で、グリーンの瞳が印象的だった。身長は一八〇センチ、ジムで鍛えられた体は九〇キロはあるだろうと思われた。

彼が注文を取りに戻ってくると、マリアは「あなたは、どの紅茶がお好き？」と尋ねた。

「この店に移ってからは、ファイヤーブレンドが一番のお気に入りです」と、ウェイターは言った。「この茶葉は寧徳(ねいとく)市の南に位置する織田農園で栽培されたもので、火によって味付けされているため、他では味わえない独特の風味があります」

「そうなんですね」。それは完璧な響きだ。「ラプサン・スーチョン茶ですか？」とマリアは尋ねた。

「まあ、一般的にはそのカテゴリーに入るのでしょうが、織田農園のお茶は、そのようなラベルを貼る必要がないほどユニークだと感じています。お茶に詳しいようですね？」

「そうでもないですが、とても興味があります」。マリアは目を輝かせた。会話も景色も、彼女の興味をそそるものだった。「もっと教えてくださいますか」

ウェイターは彼女の目の輝きを見て、微笑んだ。そして続けた。「織田農園では、下葉は使わず、上葉を厳選して使っているんです。つまり、『スーチョン』ではないんです。また、この農園の標高や土壌に適したカメリア・シネンシスの品種を独自に開発しました。そして、その茶葉を、丘の上にある特殊な岩松を使って低温で燻（いぶ）すのです。素晴らしいことだと思います」

マリアは微笑んだ。彼女は返事をしようとしたが、言葉が出なかった。彼女はあまりにも幸せだった。紅茶と、紅茶を理解するハンサムなウェイター、これ以上のものはない。中国では、いいスタートが切れた！

彼女のわずかなためらいに、彼は一方的に話したことに気づいた。「すみません、情報が多すぎたかもしれません。とにかく、一杯いかがですか？」

マリアは、「完璧！　一杯お願いします！　ところで、お名前は何でしたっけ？」とマリアは応答した。

「私の名前はセバスチャンです」とウェイターは告げた。

「上海に来てどれくらいになりますか？」とマリアは尋ねた。

「三年前に父と一緒にここに引っ越してきました。正直に言うと、私はあなたのウェイターになるために来たのです。英語を話すお客さんがここでの経験をより良くするためのお手伝いをしています。注文が簡単であればあるほど、お茶の味も良くなりますからね」

彼は首を傾げて微笑み、去っていった。

マリアは微笑んだ。彼の首の傾げ方は可愛らしかった。

セバスチャンはマリアの前のテーブルに紅茶のカップを置くと、「どうぞ」と言った。「一口飲んでみて、感想を聞かせてください」

マリアは淹れたものを鼻に近づけ、湯気を嗅いで、「あっ、私の好みだわ。香りが神々しいわ」と声を上げた。

そして、彼女はそのお茶をゆっくりと一口飲んだ。

「わぁ、美味しい」と言いながら、カップをテーブルに戻しながら「これは素晴らしいわ！」ウェイターがマリアの賛辞を喜びながら見ている間に、彼女はもう一口を飲んだ。「今まで飲んだ紅茶の中で一番おいしいかもしれません。ユニークで複雑な味わいで、スモークがちょうどいい。ほんのりとした苦味と、愛らしい花のような後味が好きだわ！」

「そうですよね。この世のものとは思えません。このお茶は一六〇〇年代からこの地方にあるんです。この地域の特産品でありながら、ほとんど知られていないのです。大手の商業茶園が世界の市場を独占していますが、織田農園は特別なんです」

「この辺りで栽培されているとおっしゃいましたか？」マリアが尋ねた。

「はい、寧徳までは電車で六時間くらいです。織田農園は寧徳の西にある小さな集落で、レイヤと呼ばれています。この集落は、農園の元オーナーの一人の名前に由来しています。そこには一六〇〇年代からの面白い歴史もあります。しかし、現在も織田農園はお茶を生産し、キャンプ場もあり、お茶を愛する人たちの憩いの場となっています。特にアジアからのクリスチャンが多く訪れる場所です。おそらく、中国で最初に聖書が持ち込まれた場所の一つだと思われています。ちなみに私はクリスチャンではありませんが、でも、信仰に関係なく、ぜひ訪れてみてください」

「そうですね、チェックしてみます」とマリアは彼に言った。「今日は上海に来た最初の日なのです」と彼女は続けた。「電車のシステムに慣れるのは難しいですか？」

「厄介かもしれませんね」とセバスチャンは答えた。「もしよければ、明後日、仕事が早く終わって、翌日は休みだから、仕事が終わったらすぐに出発して、キャンプ場で一泊して、翌日また戻ってくるというのはどうですか。農園で数時間過ごすには、あまりにも長い旅になりますが」

マリアは唇を突き出して、ウェイターに悪魔のような笑みを浮かべると、紅茶のカップを手に取り、もう一口飲んでみた。

「これを飲み干す間、考えさせてください」と彼女は告げた。「会ったばかりの男と一晩中一緒にいる癖をつけないようにしてるの」

マリアの答えとその表情に、セバスチャンは大笑いした。

そして「私は悪い男じゃないですよ。でも、理解できる」と答えた。「後で何か食べるものをサービスします。私が信頼できることを示すためのささやかなプレゼント。もちろん、私もちで」

マリアは首をかしげて言った。「食べるものが頂けるなんて。ありがとうございます」

マリアは麺と牛肉の料理を食べた後、二杯目のお茶を楽しんでから帰路についたが、食べながら、彼女は直感的に、自分が新しい友人と一緒に織田農園でキャンプをすることに同意するのを感じた。保守的なマリアには珍しく、セバスチャンに「はい、一緒に織田農園に行きたいです」と言っていた。

旅行はまだ二日先だから、農園を調べたり、故郷の友人に居場所を知らせたりする時間はたっぷりある、と彼女は自分に言い聞かせた。さらにマリアは、翌日、彼が仕事をしている間にコーヒーショップを再訪し、旅行前に彼のことをもっと知っておこうと計画した。

アパートに戻って、マリアはバルコニーに座り、日が沈むのを眺めた。彼女は目を閉じ、近所の音を心に染み込ませた。夜が更けても、この辺りはまだ賑やかだった。眼下を行き交う車の音や、行き交う人々が大きな声で会話するのも聞こえてきた。隣のアパートの家族が夕食のために集まっているのも聞こえてきた。その夜は、混沌とした、ビジネスや娯楽などが入り混じった、人々が大声で生きている美しい音で満ちていた。

目を閉じたまま、マリアはゆっくりとその一日のことを考えてみた。順調に始まったわけではなかった。交通事故の影響でベルリンの空港に着くのが遅れ、かろうじてフライトには間に合った。そして、客室乗務員に夢から覚まされた時、大声で大きなリアクションをして恥をかいた。でも、だんだん良くなってきた。美しいアパートに着き、お茶好きなハンサムな男性と一泊の旅行の計画を立てるなど、彼女は北京の競技場をチェックする短距離走者のように、爆発的なスタート、正確なフォーム、力強いフィニッシュが金メダルをもたらすと感じた。人生最高の夏になりそうな予感がしたのだ。

スタートダッシュを決めようと思っていたのに、飛行機の中で見た悪夢は、これ以上ないほど劇的だった。マリアにとって夢は珍しく、夢を見るとしても、悪く言えば奇抜なものであった。でも、あの夢は怖かった。科学や数学が好きな彼女は、原因や意味を探るために、さらに考察を重ねた。飛行が原因？　いや、マリアにとって飛行機は楽しいものだった。中国に行くのが不安だった？

正直なところ、彼女は家を出て外国で一人になるのが少し心配だった。飛行機での悪夢は現実のようで、頭の中で考えてみると、まるで映画のようだった。機体やハイジャック犯、他の乗客のことなど、細部まで覚えていた。彼女は思わず身震いした。恐怖と恥ずかしさは、有毒で屈辱的な組み合わせである。

マリアは意を決して椅子から立ち上がり、今夜はゆっくり眠ろうと決心した。疲れた一日だった。新しい住まいでの、最初の睡眠をとる準備はできていた。マリアはパジャマに着替え、歯を磨き、クイーンサイズのベッドに潜り込んだ。母に、上海での初日が終わったことをメールで知らせた。SNSで友人にメッセージを送り、携帯電話をベッドの横のナイトテーブルに置いた。

枕が気持ちよかった。テーブルの上で何かが彼女の目にとまった。マリアがいる部屋には、真ん中に小さなテーブルが一つだけ置かれていた。部屋には窓がなく、一つの出入り口だけが暗く長い廊下に面していた。彼女はゆっくりと振り返り、それぞれの壁に目をやった。壁には何もなく、ドイツでの無気力な生活を映し出すような乳白色だった。そして、彼女の視線はテーブルの上に戻った。そこには、写真アルバムと白紙、そしてインクペンがあった。

マリアはそっとアルバムの表紙を開き、一ページ目を見た。そこには、病院で生まれたばかりの赤ちゃんを抱く彼女の母の写真があった。マリアは自分の赤ちゃん時代の写真を何千回も見た。同じイメージの写真が、自宅のマリアの寝室の机の上に額装されていた。それでも、この写真集は違っているように思えた。何が違うのかわからないが、今まで気づかなかったメッセージが隠されているような気がした。

マリアはテーブルの椅子に座り、写真アルバムを手繰り寄せた。各ページには、彼女の人生の中で見覚えのある写真が並んでいた。生まれた時から順番に並んでいるのだ。誕生日会、初めての自転車、ビーチへの旅、大切な友達、そして青春時代の三つの家。これらはすべて、彼女の人生の重要な瞬間であり、楽しい思い出を呼び起こさせるものだった。最後の二ページまでは。

そして、そこには中国に向かう飛行機の中で眠っている自分の写真を見つけたのだ。マリアは、その写真に写っている自分の表情を観察した。怖くて心配そうな顔をしている自分、夢を見ている時に撮られたものだ。マリアはそのページをめくった。彼女は息を呑んだ。それは、セバスチャンと喫茶店で笑っている写真だった。この二枚の写真は誰が撮ったのだろう？

マリアはアルバムを近づけてよく見てみた。ウエイターの表情に見覚えがあった。この写真は誰が撮ったのだろう？　どうしてここにあるのだろう？　その写真は、マリアがキャンプ場に泊まりに行くことに同意したまさにその瞬間に撮られたものだった。マリアはふと、最後の写真の下に手書きのメモがあることに気がついた。

「これは今までのあなたの人生でした」と紙には書かれていた。「あなたの人生には良いことがたくさんありましたが、他の誰かの人生をより良くするために、あなたは何を成し遂げたのでしょうか？　今年は変化の夏です。紅茶にまつわる知恵と変革を見逃さないで！」

◆悪魔と計画を立てる

数日後、カイは船長室から船の甲板に出てきた。空は雲一つない藍色で、彼の気分も晴天と同じようだった。カイは太陽の明るさと位置から、予定より長く眠ったことを知った。

エンジは、カイが船の舵に近づくと、「目が覚めたんですね」と鼻で笑った。

「どれくらい寝すごしたんだろう」とカイが聞くと、

エンジは笑った。「必要なだけ眠ったんですよ、船長。この三、四時間、順風満帆でしたから、このペースなら十時間か十一時間くらいで陸に着くでしょう」とエンジは言った。「休息が必要だったんですよ。昨日の夜はだいぶお疲れでしたから。でも、あなたのことだから、船長室に戻ってすぐには眠れなかったでしょうね。いろいろと考えることがおありでしょうし」

カイは笑った。「君は僕のことを知りすぎているよ。ゆっくり休んだので、すっきりして、平和な気分だ。しばらくの間、私に舵を任せていいよ。君も息抜きが必要だろう」

「わかりました」とエンジは応えた。「船内を散歩して、皆の状況を確認してきます。それから、昼寝をする前に報告します」

カイが望遠鏡を覗いた。港に上陸して、内陸に向かうには絶好の日和だった。べた凪(なぎ)で水平線上に船は一隻もなかった。

海が静かなだけに、カイの心は揺れ動いていた。信正は、東洋人が理解しやすいように、また彼らの世界観に合わせて聖書を教えるために、何年もかけて絵巻を作ってきた。信正はカイに、耶蘇(イエス)

の「すべての人に愛を」というメッセージを、人々に伝えなければならないと教えていた。信正は、「もし聞いた人が『異国の神』と言えば、それは間違った説明である。『怒りの神』と言われたら、それも間違いだ。神様の言われること以外を聞いたと言ったら、それも間違いなのだ。「これには大きな責任があり、耶蘇（イエス）様や使徒たちが説明したように、私たちも説明しなければならないのだ」と言った。

「だから、お前にとって」と信正は続けた。「正しく生きていなければ、正しく言うことはできない」。読んで、信じて、生きる。別の言い方をすれば、聞き、学び、そして従えである。そうやって生きていかなければならない。そうすれば、「そこに何とも言えない喜びが生まれるんだ」と兄は教えてくれた。

カイの評判は清の港町や村々で知られていた。輸出入で生計を立てている人たちは皆、カイのことを知っていて、彼が信頼に足る人物であることを認めていた。しかし、カイが内陸に行けば行くほど、その評判は低くなる。

カイが当初、イーチェンに相談したかったのは、上海の西にある低山で茶畑を見つけるのを手伝ってくれる人を紹介してほしいということだった。イーチェンは地元の人間だし、貴重な人脈を持っていそうだった。しかし、イーチェンがカイの基督教の信仰を受け入れてくれるかどうか、疑問が残る。

「船長」、カイはその声を聞き、祈りではなく、周囲に注意を向けた。「陸に着く前に、何か特別にやっておいてほしいことはありますか？」と、イーチェンが尋ねた。

カイは意図的にイーチェンとの接触を避けていた。だが今、二人は顔を突き合わせて立っている。二人の声を聞けるほど近くにいる者はいない。カイがイーチェンと話すには、絶好の機会だった。

「エンジに頼まれたことは、全部やったのか？」とカイが質問した。

「はい、もちろんです」とイーチェンは答えた。「私に割り当てられたことは、すべてやりました。お伺いしたのは、私をこの船に乗せてくださったことに感謝しているのと、必要ならばもっとお手伝いすることができるからです」

カイは少し悩んでいた。頼むべきか、頼まざるべきか。もし彼に助けを求めるなら、これ以上のチャンスはないだろう。

「上海に住んでいるのか？　家から一番近い港は？」とカイが質問した。

「生まれも育ちも」と、イーチェンは彼に応えた。「海や他の土地で仕事をしていないときは、上海が家です。私の家は、船の停泊場からほんの数分のところにあります」

「一度の旅で一番長く家を空けたのはどれぐらいだ？」カイは、どこまで話を進めるかを決めるために、数分の時間を稼ごうとしていた。彼が話す情報が多ければ多いほど、カイの本来の質問につなげることができる。また、カイはイーチェンがどの程度フレンドリーな反応を示すかを観察していた。

「この四か月は、一度の旅で家を空ける期間が最も長かったです。あなたの国の将軍から出された渡航制限で、故郷に向かう船を見つけるのが難しくなったのです。だから、この船の話を聞いたとき、すぐに参加したいと思ったのです」

「航海はずっとおまえの主な収入源だったのか?」カイはできる限り会話を続ける必要があった。イーチェンはどこまで信用できるのだろうか。たとえキリシタンになることに興味がなくても、報酬が適切であれば、もしかしたらイーチェンがこのミッションに参加したい人を紹介してくれる可能性もあった。

「貿易です」とイーチェンは言った。「ご存知のように、それは航海だけでなく、多くのことを含みます。上海から一〇〇マイル離れた港に商品を運びます。また、港から最も高く売れる場所に商品を運ぶこともあります。それは必ずしも海の近くとは限りません。利益が出るなら、何らかの形で取引に参加しています」

「私は入港後しばらくは清に滞在し、内陸部にも足を伸ばす予定だ。日本の山奥で育つお茶の苗木を探したいんだ。兄と一緒に立てた計画で、その苗木で商いを考えている」

イーチェンは体を左右にゆすりながら、カイの目をじっと見つめた。「船長、私にもっと仕事をくれるんですか?」と彼は尋ねた。

カイは迷うことなく答えた。「そうだ、茶の苗木を見つけるために内陸を案内してほしい」

カイは一瞬会話を止め、イーチェンの顔に熱意が感じられないか探った。だが、それを感じることがないまま、カイは元の会話に戻した。

「船内の他の船員たちは皆、エンジの指揮のもと帰路につく予定だ。そして、何週間かかるかわからない茶樹の調査のために船を港に留めておくことはできないので、荷を下ろして物資を補充し、帰路につく予定だ」

カイは船の手すりまで歩いていき、海を眺めた。彼はイーチェンがこの申し出を考えることができるように、少し時間を与えたいと思ったが、あまり長くは時間を与えたくなかった。そして、今、その時が来た。カイはイーチェンの方を振り向いて、まるで強制的に言葉を出すように、話し続けた。そして彼の頭にはアイデアが浮かんでいた。

「考えれば考えるほど、茶樹を上海に持ち帰るには、二人では無理だ」とカイは続けた。

イーチェンはカイに近づき、自分も船の手すりに寄りかかった。これは、カイが望んでいたチャンスにつながるものだった。イーチェンにとって、これ以上ない計画だった。

「港に着いたら、この旅に出発できる三、四人の船員を揃えるのに、どれくらいの時間が必要だろうか。上海を出発する前に、全員の報酬について合意しておくんだ。短期間でまとめるからには、もちろん、少し報酬をはずむ。その辺のことは二人だけの間で決めよう」とカイは続けた。

カイが返事を待っている間、イーチェンが頭の中ですべてを素早く考えているのがわかった。数週間、あるいは数か月間、こんな急な依頼で家を空けることができる人を三、四人探すのは、難しいだろう。

「船長、あなたも知ってのとおり、どんな人でも最初に聞くのは報酬のことです。どう言えばいいでしょうか」とイーチェンは答えた。

カイは答えるのに時間がかかった。自暴自棄になりたくはなかった。同時に、しっかりとした答えが必要だった。カイは、一人ひとりと交渉するのを避け、多くのクルーが興味を持つような報酬を提示したかったのだ。

「三、四人の頼れる男で組を作ってくれ。一日の報酬は船上での賃金の一・七五倍を支払う。上海を二十五～四十日ほど離れることを、部下に周知徹底させること。そしてお前には波止場での日給の二・二五倍を支払う」

イーチェンは一、二分ほど歩き、髭をなでながら考え込んでいた。彼はカイと同じ船板にいた。イーチェンは、あまり興奮した声を出したくなかった。船長を独りきりにするためなら、どんな申し出にも応じるつもりだった。しかし、前金が多ければ多いほどいい。イーチェンは、茶葉を探すのに長い旅は必要ないと思っていた。東洋に耶蘇（イエス）・基督の居場所はないとカイに教えるには、ほんの数時間でいいのだ。

「旅に出る前に、男たちに報酬の一部を渡す予定ですか。船長、彼らはあなたの名前は聞いたことがあっても、あなたのことは知らないんですよ。だから、報酬の一部を前払いしてもらえば、人を集めやすくなるかもしれません」

カイは別の方向へ数歩進んだ。イーチェンの要求が妥当であることは認めざるをえなかった。カイは振り返ってイーチェンと向かい合った。「じゃあ、さっきの賃金の十日分を前払う。そして、上海に戻ってきたら、残金を支払おう」

イーチェンは迷う様子もない。彼はまっすぐカイのところに来て、頭を下げた。「取引成立です、船長！」

イーチェンは、計画を実行に移すため、さらに追い打ちをかけてきた。「私たちが旅に出る前に、上海に一日か二日滞在する手はずはできていますか?」

そして、イーチェンは返事を待たずに続けた。「私の所は広くはないけれど、快適な寝床とおいしい食事、そして一日か二日は飲める紹興酒を用意できます。ですから、今夜はゆっくりくつろぎましょう。何人かの友人が酒を飲みに寄ってくれるかもしれないし、もしかしたら、この仕事の候補者も来るかもしれません。そすれば、明日には人数を揃えて、翌朝には出発できるでしょう」

カイは十四か月以上、酒を飲んでいなかった。カイにとってアルコールは、大人になってからも時々問題になることがあった。兄は酒を飲まず、カイが兄の家に泊まるなら、酒を断つべきだと主張した。神は禁酒中のカイに出会い、禁酒を続ける力を与えてくださった。それはカイにとって予想していなかった酒からの自由であり、酒への奴隷の鎖が切れた自分が気に入っていた。

なんと言っていいかわからず、カイは「いいね」と答えた。そして、「停泊した時点で君の旅は終わったこととしよう。そして、君の家までの道順を私に書き残して帰路につけばいい」

「船員が本当に荷物の積み下ろしの手伝いをしなくていいのですか?」とイーチェンは尋ねた。

「大丈夫だ」。カイは答えた。「願わくば、これが私たちが共にする多くの航海の最初のものであってほしい」

カイはためらいながら、「でも、一つだけ頼みがあるんだ」と言った。

「どんなことでも」とイーチェンは答えた。

「私がもう酒を飲まないと言ったことは、みんな知っているから、この船の男たちに、酒についての話をしないでくれないか」

「もちろんですとも、船長。私が思うに、他の人たちはあなたが私のところに滞在していることを知る必要さえないのです」と言ってイーチェンはウインクした。彼は、カイが他人に知られたくないことを知るのが好きだった。今、彼はさらに大きな影響力を持ち始めている。彼の計画はまとまりつつあった。

イーチェンが立ち去ると、カイは以前から心配していることを思い出した。彼はそれに踏み込んだのだろうか、それとも避けたのだろうか。

◇デートだね！

マリアは息を切らしながら、必死でベッドに起き上がった。周囲に慣れていない彼女は、自分がどこにいるのかも忘れて、ベッドから飛び起きた。そしてようやく、ここが新しいアパートの寝室であることがわかった。

「また夢を見たみたい」と、マリアは声を荒げた。「どうしたんだろう」

マリアはキッチンに向かい、冷蔵庫にある水のペットボトルをつかんだ。そして、中庭のドアの鍵を開け、バルコニーに出た。夜も深まり、空は濃い墨色で、街の匂いがして、下の通りはまだ賑やかだった。街並みを見渡しながら、マリアの心は落ち着いてきた。誰かが彼女の写真を撮ったのだろうか、それともそれは夢の中の出来事に過ぎないのだろうか。手紙の最後の部分が、彼女の頭に残った。

「今年は変化の夏です。お茶にまつわる知恵と変革を見逃さないで！」

セバスチャンはあのお茶が特別だと言っていたが、どのようにお茶が知恵や変革の源になるのか？　マリアは寝室に戻り、携帯電話を手にした。上海時間では午前二時を過ぎていた。目覚まし時計は六時にセットされていた。マリアは、アラームの時間までもう少し眠りたいと思い、横になった。しかし、彼女は寝返りを打ちながら、フランクフルトを出てから見た二つの夢を思い出した。この二つは何か関係があるのだろうか。マリアは、この十二か月の間に見た夢の数は片手で数えられるほどだった。しかし、二十四時間のうちに二回も夢を見るとは、不吉な予感がした。

午前中は、二度目の買い物に行き、近所に慣れることに時間を費やした。マリアはアパートに戻ると、ノートパソコンを取り出して、織田農園について調べてみた。キャンプ場があり、農園内を見学することができ、四つ星や五つ星の高いレビューが何百とある有名な場所だった。セバスチャンが話したことは、すべて本当だったようだ。

マリアは遅いランチをとるために、セバスチャンが働いているコーヒーショップに行った。空いているテーブルに座って数分もしないうちに、彼女のお気に入りの上海人ウェイターが注文を取りに現れた。

「明日の準備はできてる?」セバスチャンはマリアのテーブルに近づくと、そう尋ねた。

「ええ」と彼女は答えた。「まあ、なんとかね。今朝、織田農園のホームページを見たわ。とても楽しそうな所ね。でも、テントと寝袋はどこで買えばいいのか教えて」

「心配しなくていいよ」とセバスチャンは答えた。「僕が寝袋を持っているから、貸してあげるよ。キャンプ場でテントを二つ借りる予定だよ。それに、寧徳には素晴らしいキャンプ用品店がたくさんある。汽車で寧徳まで行って、そこで買い物をしたあと、バスで農園に行くんだ。きっと気に入るはずさ。何か食べる? それともお茶を一杯飲む?」

「私、お腹が空いているの。何かが食べたくて。エビチャーハンはあるの?」とマリアが聞くと。

「じゃあ、直ぐに用意するね」とセバスチャンが返答した。

彼が向きを変えると「春巻きもお願い!」とマリアは叫んだ。

マリアはランチを食べながら、セバスチャンが他の客とどう接しているかを見ていた。彼は親切で気配りができるように見えた。彼女は人の良し悪しを見分ける力を持ち合わせてなかった。しかし、彼女は出会ったばかりの男性と二日間、隣どうしの小さなテントでキャンプをすることになった！　彼女は冒険や、もしかしたらゆっくりと芽生えるロマンスを求めていても、保守的な価値観を犠牲にしてまで恋愛をしたいとは思わなかった。マリアは男性には慎重だった。マリアが食事の最後の一口を食べ終わると、セバスチャンはようやくやってきて、彼女の向かいの椅子に座った。

「農園に行くのはいつ以来なの？」マリアは尋ねた。

「今年の春先に友人たちと行ったよ。僕たちは時々、数日間の休暇を過ごすために旅行をしているんだ。上海の喧騒から逃れられるのはいいからね。それに、あそこには何か特別なものがある。言葉では言い表せないんだけどね。きっとわかるよ」

「そして、君の注文を聞いてテーブルに届けるのではなく、直火で君のために料理をするのが楽しみだよ」と彼は付け加えた。

「わぁ、なんて紳士的なんでしょう。そういうの、好きだわ」と彼女は温かく微笑んだ。

セバスチャンも微笑んだが、彼女の反応に急に恥ずかしくなったのか、目をそらした。これは、マリアにとって素晴らしい兆候だった。リップストップナイロンの薄いシート二枚を隔てて、ほんの数メートル離れたところで眠ろうとしていることを考えれば、恥ずかしがることは効果的だった。

マリアは、「明日はいつ、どこで会うの？」と聞いた。

「君次第かな」とセバスチャンは答えた。「ここで待ち合わせて、一緒に駅に向かうか、駅で会うか、どちらがいい？」

「何時にここで会えばいい？　できればあなたに決めてもらえればうれしいな」

「じゃあ、明日の朝十時にここで会おう」と彼は言った。「今日の夜、ネットで列車の切符を買って、キャンプ場の予約をしておくよ」

「いいわね、セバスチャン。ありがとう！」

彼はマリアのレシートの裏に数字を書きながら、「これが僕の電話番号、何かあったら電話して。そうでなければ、明日の朝十時に会おう」と言った。

「デートね」とマリアは言った。

マリアは身構えた。その言葉は、止める前に彼女の口から出たのだ。それはデートではなかった！そして、さらに厄介なことに、彼女は緊張して笑った。

セバスチャンは顔を紅潮させ、すぐに背を向け、「楽しみにしてるよ」と言って急いで自分の仕事に戻った。

マリアはアパートのバルコニーでノートパソコンを持って椅子に座っていた。彼女はSNSをスクロールし、ドイツにいる友人たちとつながっていた。上海時間では午後四時過ぎだった。昼寝をするには遅すぎるし、ベッドに入るには早すぎる。それでも、マリアは疲れを感じていた。夢から覚めて早起きしたからだ。上海に来てから初めてテレビをつけ、ソファーに枕を並べて横になった。マリアは数分間、さまざまなチャンネルを見たが、彼女の興味を引くようなものはなかった。眠りにつくのにそう時間はかからなかった。

マリアは高さ三十センチほどのテーブルの前に正座した。中年の男が、一部屋しかない小屋の薪ストーブの上から、お湯の入ったポットを取り出しているのを、彼女は見ていた。彼はポットと二つのカップをマリアが座っているテーブルに持ってきた。

マリアは、男の手が一定のリズムで宙を滑るように動くのを見た。彼はそれぞれのカップにスプーン一杯の挽いた茶葉を入れ、水をほぼいっぱい入れた。そして、特別に計算された動きでお茶を泡立て、テーブルの真ん中にあるホルダーに泡立て器を立てた。彼はマリアに一口飲むように合図し、何も言わずに彼女の反応を見守った。マリアは、その飲み物が、セバスチャンが働いていた喫茶店で初めて飲んだ火入れの紅茶だとわかった。そのお茶も美味しかったが、このカップはもっと美しかった。新鮮な味がした。まるで茶室が突然茶畑になったかのように、明るく清潔な香りがした。

彼女は狭い部屋をちらっと見渡し、鉢植えの茶花がいくつか置いてあるのを見たいと思った。しかし、マリアに見えたのは、小さなテーブルと、床に置かれたいくつかのクッション、そしてカウンターの上に置かれたカップと茶葉の入った小さなガラス容器だけだった。各壁にはアジアの巻物が掛けられており、天井の真ん中からも別の巻物が掛けられていた。テーブルの端には本が置かれ、メモ帳とペンが置かれていた。

「今日のレッスンを始める準備はできていますか？」と、その男は最後に尋ねた。

マリアは目を開け、ソファに腰を下ろした。

「私の頭の中はどうなっているのだろう?」と彼女は思った。

マリアは立ち上がり、キッチンへ水のペットボトルを取りに行った。彼女がバルコニーのドアを開けると、賑やかな近所の音が押し寄せてきた。マリアは頭を上げて空を眺めた。そろそろアドバイスが欲しいところだ。マリアは携帯電話のボタンを押し、母親に電話をかけた。マリアはドイツにいる母に、夢の内容を詳しく説明した。最新の夢では、紅茶の風味がはっきりと感じられたという。マリアは、そのお茶から得られるはずの知恵と変革を話した。マリアの母は、熱心に耳を傾けて聞いた。

「マリア、私たちは同じ遺伝子を持っているからわかるんだけど、私たちは物事を分析しすぎることがあるのよ。夢について日記を書くと気分が良くなるかもよ。日付と私に説明したのと同じように詳しく日記を書けばいいのよ。記録して、その夢が関連しているかどうか調べてみればいいよ」

「でも、それから」と母は続けた。「これから二、三日、キャンプ場で楽しんできなさい。私はあなたをわかっているつもりよ。あなたには正しい判断力と道徳的な境界を持っている。この時間はセバスチャンとの友情に集中して、夢を忘れられるかどうかみればいいのよ」

マリアは母と話した後、ずっと気分が良くなった。彼女は約一時間かけて、コンピュータの日記にその内容を書き込んだ。頭の中ですべてを思い出し、書いたものを読み返してみたが、マリアは紅茶以外の関連性をまとめることができなかった。紅茶の特有の味は、彼女の注意を引くためのものであるかのように本物だった。マリアはノートパソコンを閉じると、夕方に近所を散歩することにした。

この散歩は、他の散歩とは違っていた。彼女は自分のアパートから四ブロック先まで足を延ばした。また、人通りの多い道では、わざと他の人たちと関わりを持つようにした。地元の人にその日の様子を聞いたり、観光客や旅行者には、どこから来たのか尋ねたりした。好きになりそうな国で、好きな言葉で、人と接することは、とても新鮮に感じられた。

小さな小川を見下ろす橋の上で、マリアは夕日を楽しむためにベンチで休んでいた。やがて、オレンジ色の僧衣を着た男が同じベンチに腰を下ろした。彼は何も言わずに座り、夕日を見つめた。まだ話足りなかった彼女は、僧侶にこう尋ねた。「すみません。質問があるのですが。あなたの宗教では、夢は何か意味があるのですか？」

彼は、オレンジ色の夕日に染まる川を見つめ続けた。彼は息も絶え絶えに囁(ささや)くように短い言葉を発した。「タオは動いている。それに従いなさい」

彼は立ち上がり、それ以上何も言わずにゆっくりと歩き出した。マリアは彼に別の質問をしようとしたが、無駄だった。彼は離脱の印としてフードをめくりあげた。彼は言いたいことはすべて言った。

◆異国の神々の居場所はない

カイが夕食を終えたところで、イーチェンの家の戸が叩かれた。カイがイーチェンの家に来たのは、船の片付けを終えてしばらく経ってからだった。

カイの命令で、イーチェンは船が停泊するとすぐに出発した。カイが到着するまでの三時間の間に、イーチェンはカイの任務を終わらせるために二人の仲間を見つけることができた。イーチェンは、自分の土地に西洋の神を持ち込むとどうなるか、見せしめにするつもりだった。彼はカイを罰し、奪い、殺して、上海の港で発見されるようにするつもりだった。四、五人の部下を集めて茶樹を探すような長旅をする必要はなく、イーチェンはその夜、カイを殺すのに協力してくれる友人を一、二人見つければよかったのだ。酒さえあれば、カイを驚かせることができるのだ。戸を叩く音で、イーチェンはこれから楽しいことが始まることを知った。

カイは、イーチェンが連れてきた二人の男の体格と筋肉に感心した。もちろん、外見だけで、仕事に対する強い意欲や献身があるとは限らないが、カイはそれを見て感心した。

「カイ、ジーモとハウを紹介します」

イーチェンは二人の友人を居間に案内した。カイが自己紹介のために立ち上がると、ジーモとハウの二人はお辞儀をして、新しい知人に挨拶した。

「カイさんにお会いできて光栄です」。ジーモが言った。「あなたの評判は知れ渡っています。私と友人のハウは、そのような評判の高い貿易商であり船長に仕えることができることを光栄に思っています」

カイはそれに応えて頭を下げた。「イーチェンから雇用の詳細と任務の内容を聞きましたか」と彼は尋ねた。

「はい」とジーモは答えた。「報酬額は十分です、この機会を感謝します。他に二人、今夜の旅には間に合いませんでしたが、明日の昼過ぎにはここに来る予定です」

イーチェンが話に割って入った。「船長、私たちは今、試練の航海を終えたところです。くつろいで、今夜はたくさんの酒を楽しんで、明日最終的な準備をしましょう。みんな、あなたが用意した仕事の詳細を知っていますし、報酬にも同意しています。仕事のことや出発の詳細については、明日にでも話し合いましょう。これから、酒を飲んで夜を楽しみましょう。外の焚き火のそばに座りませんか」

「いいね」とカイは答えた。カイには、久しぶりに海に戻った最初の航海を終えて、くつろぎたいと思っていた。しかし、これほどまでに体が疲弊しているとは思ってもいなかった。イーチェンは少し酔っ払おうとしているように見えたので、カイは警戒した。カイは酒を飲むつもりはなかったが、さらに警戒した。カイは目立たないように酒を捨てたのである。

それから数時間、男たちは酒を飲みながら、海での生活について語り合った。女や富、英雄的な戦いの話を交わした。酒が進むにつれ、話はどんどん誇張されていたが、彼らは皆、心から笑っていた。四人は何十年来の友人かと思うほどであった。

ハウは、夜通し最も静かだった。三十四歳の彼は、この男たちの中で最も若く、最も頑健だった。

筋肉質で、腕は太ももほどもある。彼は、自分の過去について話す時間が最も少なかった。そして、ハウの問いかけに、一同は沈黙した。

「カイさん、私たちがこれから行く旅を成功させるためには、いったい何が必要なのでしょうか」

カイは、旅の成功への責任感を示すその質問が気に入った。カイは目の前のテーブルを見下ろし、その質問と、彼の計画をどの程度分かち合えばいいのか、じっくり考えていた。そして、カイが沈黙を破ったのは、より大きな使命を分かち合わなければならないと思ったからだ。彼は、テーブルにいる男たちを一人ずつゆっくりと見つめた。そして語り始めた。「茶樹は、ここ清での私の旅にとって重要なものなんだ。北日本の山岳地帯で育つお茶の種類を見つけたいと願っている。このお茶は、私の家族が自分たちを養い、与えられた使命を維持するために必要な経済的安定を得るための鍵なのだ」

カイは数秒の間、呼吸を整え、各人を見つめ直した後、続けた。

「しかし、持ち帰る茶葉を見つけることと同時に、これまでで最も危険な任務の一つがある。それは、東洋全域に耶蘇基督の福音を伝え、一人でも多くの人が神様に人生を委ねるよう導くことが、私が生まれた理由の一部だと、兄と私は信じてるんだ」

イーチェンは立ち上がって部屋を回り、盃に酒を注ぎ足した。「船長、続けて」と彼は言った。「全神経を注いで聞いていています。ただ、あなたが話を中断する必要がないように、みんなが十分に飲んでいることを確認したいだけです」

「ありがとう、友よ」。カイは礼儀として受け止めたことに答えた。

「これは私一人では到底できない仕事だ。耶蘇（イエス）様に人生を委ね、聖書と呼ばれる基督教の聖典にある耶蘇（イエス）様の教えを学ぶ準備ができている人を、他に何人か見つける必要がある。これは、基督教徒が、ただ読むだけの教えではない。私が今まで経験したことのないような素晴らしい生き方なのだ。私は、この耶蘇（イエス）・基督との関係を、世界中のあらゆる富や名声であっても交換するつもりはない。今日、私の人生は、これまで経験したことも想像したこともないほど素晴らしいものであり、それはすべて耶蘇（イエス）・基督を信じる信仰のおかげなのだ」

「ちょっと待ってください。私はまったく理解できません」。ハウは質問した。「どうして、あなたは耶蘇（イエス）・基督と関係があると言えるのですか？　夢の中で現れたのですか？　もし、あなたがその方を見ることができないなら、どうしてあなたはその方と関係があると言えるのですか？」

「それは正当な質問だ」とカイが反応した。「論理的な答えがある。しかし、一度の会話で、特にお酒で曇った頭では、答えを説明することはできない。旅の途中でもっと話し合おう」

カイが話を聞いている他の二人をちらりと見た。「聖書があなたの人生とどのように関連しているかを説明できるように、話し合いの間、巻物と聖書を開いておけると助かる」

部屋は静まり返った。カイにはハウとジーモの二人が、まるで承認を待っているかのようにイーチェンを見ているのがわかった。カイにはイーチェンの視線が感じられたが、カイがイーチェンに目を向けると、イーチェンはすぐにその視線を他に移した。

イーチェンは沈黙を破って、「あなたは私たちに考えるべきことをたくさん教えてくれました」。おそらく、私たちが旅を始めたら、もっと教えてくれるでしょう。そして、あなたが言うその関係について、私たち自身で結論を出させてくれるのでしょうか?」

イーチェンは、テーブルの向こうの二人の友人をちらっと見ながら、どうするかを考えていた。

カイはテーブルから立ち上がると、近くの森まで用を足すために歩いて行った。その姿が見えなくなると、イーチェンは二人の仲間にささやいた。「いいか。この男は、かつては偉大な船乗りであり商人であったかもしれないが、基督教の戯言で頭がいっぱいになってしまったのだ。聖書の耶蘇(イエス)こそが、現世で幸福と名声を得る唯一の方法だと信じているんだ」

イーチェンは怒りを募らせていた。「我々は、この話を進めることを許すわけにはいかない。カイの名前と評判だけで、多くの人が彼の言うことに耳を傾けてしまうだろう。今夜止めなければならない!」

「どうするつもりだ?」ハウはイーチェンの言葉を遮った。「彼を殴って監禁するのか? それとも殺すつもりなのか? 僕もあなたのように、この宗教の普及を止めたいと思うけど、人を殺すことには賛成できない。いずれにしても、意見の一致が必要だ」

イーチェンはその質問に答える前に立ち止まった。殺人が計画に入っていると知ったら、仲間が驚いて手を引いてしまうことは避けたい。「俺は奴をボコボコにしたい。なぜそうするのか、正確に知ってもらいたい。カイを歩けなくして、呼吸するたびに痛みに苛まれるようにしたい。そして、耶蘇(イエス)がどれだけカイを救えるのか、カイに見せてやりたい。彼の荷物は預かり、終わったら港に置いていく。彼から信仰を叩き出したいのだ」

カイは焚火に戻り、テーブルに座った。彼はハウとジーモの二人がイーチェンをじっと見ているのが気になった。まるで彼が何か話をしたり、質問をしたりするのを待っているようだった。そしてついにイーチェンは立ち上がり、テーブルから離れた。薪を使うのは自分の番だ、とみんなに言った。カイは、イーチェンが皆にウインクするのを見たような気がした。

ハウはまた質問し始めた。「何があって、耶蘇(イエス)様との関係を見つけたのですか」彼は尋ねた。

カイは咳払いをした。「私はこの十四か月間、兄の信正と一緒に過ごしたんだ。彼は大人になってからずっと聖書を勉強してきた。私が教え、東洋に広める予定の茶室の巻物を書き出したのも私の兄だ」

「その巻物をここに持ってきたのですか?」ハウは尋ねた。

「もちろん」とカイは答えた。「別の部屋に、私のわずかな持ち物と一緒に置いてある。これから、君が興味を持って読んでくれることを期待しているよ」

その言葉がカイの口から出た瞬間、彼は肩の後ろに激しい打撃を受け、テーブルに叩きつけられた。背骨から腰にかけて、尋常ではない痛みが走った。

テーブルに突っ伏したカイが振り向くと、イーチェンが頭上に木片を掲げてもう一撃を加えようとしているのが見えた。イーチェンは悲鳴を上げながら木片を振り下ろし、カイの頭を狙ってきた。

カイはテーブルの上を転がり、その激しい攻撃から逃れることができた。しかし、ジーモの肘が彼の顎に突き刺さった。カイの顔を激痛が襲い、とっさに両腕を頭に巻きつけて防御した。カイの腕が上がるやいなや、イーチェンは丸太の先をカイの腹の真ん中めがけて打ち込んだ。カイは膝をあごまで突き上げて苦しんだ。イーチェンはテーブルの上に立つと、カイが丸くなっている横に手と膝をついた。彼はカイの首に手を回し、後頭部をテーブルに叩きつけた。

「私の祖国に耶蘇（イエス）や基督教の信仰を持ち込むのを許すと思ったのか?」イーチェンは叫んだ。「愚か者め。東洋にお前のような異国の信仰を受け入れる余地はない。お前はここでは歓迎されないのだ」

イーチェンは声を悪魔のような囁（ささや）きにまで下げ、「お前を殺してやる」と冷静に言い放った。

イーチェンはカイの体にまたがり、テーブルの上に立ち直った。彼はカイの腹の真ん中に丸太を打ち込み、その圧力でさらに深く木を押し込むようにゆっくりと捻った。

「この偉大な船長で貿易商のカイ・オダは、私の祖国に来て、偽りの神と宗教を信仰して、私の同胞を迷わせようと考えている」とイーチェンは叫んだ。「私がいる限りそうはさせない。お前が、私を殺せば別だが……。しかし友よ、今夜お前が死に遭遇することになるのだ」

カイは、不意打ちを食らったうえに、すべてが瞬時に起こった。最初の一撃は、心を呆然とさせ、衝撃を与える。そして次の一撃で、危険が現実にあることを確信する。

イーチェンが火から離れたかと思うと、次の瞬間、カイが木片で殴られていた。カイは、聖書の勉強で耶蘇（イエス）が、キリシタンは迫害されるかもしれないと警告していることを知っていた。迫害は、カイの家族が恐れていたことである。だから、信正は人里離れたところで孤独に生活しなければならなかった。カイが経験した迫害は、母親が息子たちに起こってほしくないと願ったことだった。

カイは息をひそめていた。腹部を殴られたことで、息切れしてしまったのだ。肩には激痛が走る。カイは意識を失いそうだった。すると、突然、どこからともなく、大きな安らぎと落ち着きを覚えた。イーチェンへの赦し、耶蘇（イエス）への感謝、そしてすべてがうまくいくという確信が頭をよぎった。カイは目を閉じ、祈り始めた。

「天の父よ、私をお救いください。私が自分で作り出した混乱から、私を救い出してください。もし、私がこの土地に福音の言葉を広めることがあなたの御心であるならば、私が直面する破滅から私を救ってください」

カイが祈り終える前に、ハウはテーブルの上に飛び上がった。一瞬のうちにイーチェンから丸太を奪い取り、イーチェンの顔面を丸太で殴り飛ばした。その勢いでイーチェンはテーブルから叩き落とされ、地面に転げ落ちた。ハウはテーブルから床に飛び降り、木片をイーチェンの背中に叩きつけた。

イーチェンの頭をブーツで踏みつけると、ハウは素早く回転し、丸太をジーモに向けた。

「二秒以内にどうするか決めろ」とハウは叫んだ。「私たちが去っていくのを黙って見るか、私たちを止めようと命をかけるかだ」

ジーモは両手を上げて関わりたくないことを現わし、振り向いて足早に去っていった。

イーチェンは立ち直ろうとしたが、両手両膝をついたところでハウは半回転し、イーチェンの腹に思い切り蹴りを入れた。イーチェンの体は地面から浮き上がり、ひっくり返り、仰向けに倒れた。ハウは丸太を振り回し、イーチェンの膝頭を打ち抜いた。そして、イーチェンの首を地面に押し付けて、彼の上に立った。

「お前も同じ決断をするんだ」。ハウは聞こえる程度の声で囁いた。「私たちがいなくなるまで地面にとどまるか、それとも今夜命を落とすか、どちらかだ。どっちを選ぶんだ?」

イーチェンは地面に倒れ伏せたままだが、左足の感覚がない。骨折しているかどうかはわからなかったが、膝が脱臼していることはわかった。

「おまえは大きな間違いを犯している」とイーチェンは叫んだ。「必ず見つけ出してやる」

その言葉が口から出るや否や、ハウは再び全力で木片を振り回し、今度はイーチェンの膝の側面を打った。

イーチェンが痛みに悲鳴を上げると、彼は再び「どうするんだ」と言った。

「ここから出て行け」と、イーチェンは苦言した。「そして、決して走ることを止めるな、いつか、見つけてやる」

ハウは、テーブルの上に座っているカイに目を向けた。「歩けるようになりました?」とハウは尋ねた。

カイが「大丈夫だ」とうなずいた。

「持ち物を取ってきてください」とハウは言った。

カイはリックサックを背負って戻ってきて「出る準備ができた」と新しい友人に言った。

ハウはイーチェンにもう一方の膝に最後の一撃を与えた。イーチェンが悲鳴を上げると、木が骨を打つ大きな音がした。間違いなく、この膝は外れていた。イーチェンは横向きに転がり、脱臼した膝をつかんだ。

ハウとカイは庭を出て、上海の道路を南下していった。

「早く歩いたほうがいいですよ」。ハウはカイに言った。「できるだけ早く町を出なければならない。イーチェンはすぐには動けないでしょうが、彼には部下がいて、あなたが他の人に耶蘇(イエス)様を紹介するためにここにいる基督教徒だと知ったら、後を追ってくるでしょう。急ぎ足で行けば、一日もかからずに杭州に到着できる。もしお金をお持ちなら、途中で馬を買うことも、着いてから買うこともできる。早く、そして静かに進まなければなりません」

沈黙の中、二人は上海から数キロ離れた地点まで移動した。一言もしゃべらなかった。彼らはわずかなうなずきと手のジェスチャーでコミュニケーションをとった。

上海から杭州への最短のルートは、南西に向かうよく使われるルートだった。ハウは、一～二時間以内に、イーチェンは彼の暴漢たちにカイとハウを探させるだろうと推測した。カイは速く歩けないし、イーチェンの部下はカイやハウにないもの、馬を持っているはずだ。だからハウは、小道から少し離れて移動し、小道からは見つからないようなルートが一番だと考えた。そうすれば、もしイーチェンの部下たちが追いついても、自分たちは見つからないだろう。

カイが受けた打撃の大きさにもかかわらず、まだ移動できることにハウは驚いていた。カイはハウより十一歳年上で怪我をしていたが、良いペースを保つことができた。数十年にわたる海での生活は、丸太を持った男に数分痛めつけられるよりもずっと過酷だったのだ。

上海からかなり離れ、近くの小道を歩いている人たちの耳にも声が届かないと思うと、カイはようやく二人の間の沈黙を破った。

「どうお返ししたらいいのか」とカイは小声でつぶやいた。

ハウは数歩沈黙を続けてから答えた。「今夜の出来事の前から、ずっと考えていたんです」と。「私の父は基督教徒でした。その信仰によって、私が子どもの頃に父は上海で公開処刑されることになったのです」

数秒の沈黙の後、ハウが続けた。「私は子どもの頃、父が祈る姿を見ていたことを今でも覚えています。妹と私は度々、父が『静かな』場所で行う朝の習慣について尋ねました。父はいつも私たちに『大きくなるまで知る必要はない』と言いました。これは、私たちに耶蘇(イエス)様を知って欲しくなかったからではないと思うのです。父は私たちが子どもであることを知っていたのです。うっかり口を滑らせたら、父だけでなく家族全員が殺されていたかもしれませんから」

ハウは首を傾げて、数秒間歩きながら星空を見上げた。

「私は、あなたが言っていた耶蘇(イエス)様との関係を体験したいのです。あなたや父が命をかけてもいいと思うものを知りたいのです。私が成人した頃、何人かの宣教師が上海を訪れました。私は彼らが提供しているものに興味がありました。でも、怖くて、どのように自分の心が導かれるかを追求することができなかったんです。

正直に言うと、今夜の私の勇気は、私自身のものではありません。ただ言えることは、命を奪われた父が持っていたものを手に入れるチャンスが来たと思ったからです。まるで、『今しかないんだ。もし、おまえが想像を超えるような祝福を受けたいのなら、今すぐ何かをしなければならない。この人がその道を教えてくれるよ』という父の言葉が聞こえてくるようでした」

ハウは足を止め、カイの目をじっと見つめた。そして、できるだけ小さな声でささやいた。「もし今夜のお返しをしたいのなら、私の父が持っていたものを見つけることを助けてください」

そして彼は振り返り、何も言われなかったかのように歩き続けた。

カイはさらに黙ったまま歩いた。カイは、ハウが正直で、耶蘇(イエス)と出会いたいということを心から願がっていると信じていた。彼はハウに教えることを了承した。

しかし、カイは計画が必要なことに気づいた。海の船長として、彼はいつも計画を持っていた。

「計画が必要なんだ。杭州で馬を買った後はどうするんだ？」と、カイは静かに尋ねた。

「その前に、あなたとイーチェンはどのように知り合ったんですか？」ハウは質問した。

「上海への航海は、私の十四か月ぶりの旅だった。日本の将軍が貿易を禁止するとのことで、清と日本を行き来する船はほとんどなく、私たちが旅の計画を立て始めたのは旅が始まる三週間ほど前だった。イーチェンは何か月も日本で足止めを食らって、清への帰りを待っていたのだ。彼は港で私たちの航海のことを聞き、私に直接自己紹介をしてきた。彼は自分の足止めされた状況と上海に帰る必要性を説明したので、彼のために部屋を押さえたんだ」

ハウはひとしきり自嘲気味に笑った。「さすがイーチェンだ。誰の目にも真剣に見えて、必要なものを得るためにはどんな嘘でもつくことができる」

「どういうことだ?」カイが尋ねた。

「イーチェンは決して日本で足止めを食らったわけではありません。一年半ほど前、皇帝の兵士を二人殺したため、上海から逃げ出さなければならなかった。彼らは上海をくまなく探したが見つからなかった。いろいろな噂があり、ベトナムか朝鮮に逃れたという噂も流れました。船乗りになったという噂もちらほら出ていました。皇帝は六か月かけてあちこちを探し回り、ついに部下がイーチェンを見つけて殺したと発表しました。皇帝が捜索をあきらめたと聞くと、イーチェンはもう大丈夫だと思い、故郷に帰ることにしたのです。今日は、長い間留守にしていた後の、初めての帰国日だったのです」

「それがどのようにして私たちの計画に役立つのか?」

「私が言いたいのは、イーチェンは復讐のためならどんなことでもするということです。たとえ皇帝の兵士を殺すことになっても、殺人に反対しない。彼は私たちを見つけるまで、人々に私たちを探させるつもりです。彼はあなたを攻撃する計画を話したとき、あなたの基督教の信仰が原因だと明言しました。それがどれほど危険なことか、言うまでもないでしょう。その上、彼はあなたが大金を持っていることを私たちに知らせました。イーチェンは、あなたの信仰のために、あなたの死を望んだだけで、あなたの財産を必要としていません。あなたの首を持ってきた者には、それ以上を約束することでしょう。カイ、私たちは安全ではなく、多くの人が報酬のために手段を選ばず、長い間私たちを探し続けるのです」

カイは数分かけて、その情報を頭に叩き込んだ。当初の予定では、四十日後に上海でエンジと合流するはずだった。しかし、予定どおり帰国するためには、襲撃された場所から数分のところに身を置かなければならない。しかし、予定の変更をエンジに伝える機会もない。カイの副船長は数日間、上海の港で待機することになるだろうし、その後、日本へ帰国するために出航するであろう。

カイは、兄の信正と茶室で話したことを思い出していた。耶蘇（イエス）は弟子たちに「今日に注意を向けなさい」と教えていた。明日を恐れたり、慌てたりする必要はない。苦労は、その日その日に十分ある、と。カイとハウが馬を買うために杭州にたどり着けなかったとしても、四十日後に上海の港に戻れるかどうか心配する必要はない。

カイが集中しているときに、ハウが静かに話し続けた。

「私は行ったことはないですが、寧徳の郊外に小さな茶畑があります。馬に乗れば数日で行けるでしょう。その農園を経営する女性は、逃亡者をかくまうことで知られています。彼女の農園で労働者として働き、部屋代と食事代にあてるのです。彼女は尊敬されています。もし、私たちがそこに行くことができれば、さらなる計画を練るための十分な時間を稼ぐことができます。それに、寧徳には小さな港があるから、選択肢も増える。そこからお茶の苗を輸出することもできるかもしれません。ですから、できるだけ早くその農園に着くことにしませんか」

カイは「その計画が気に入った。ちょっとだけ立ち止まろう。今はまだ理解できないだろうが、時期が来たら教え始める。今は、私があなたのお父さんと同じ耶蘇（イエス）・基督を愛していることを信じてほしい」と言った。

ハウはカイのもっているような信仰を自分も得られないかと考え、カイの目を見つめた。しかし、その代わりに、彼はカイを信じる必要があることを悟った。そして「私は信仰を持っています。あなたが私の父の耶蘇（イエス）様を知っていると信じています」と語った。

カイは目を閉じ、ハウの肩に手を置いた。そして「そうだ。私はあなたのお父さんの耶蘇（イエス）様を知っている。もっと詳しく紹介をするための時が来るのを待てない」と言った。

カイは深く息を吸い込み、そしてゆっくりと空気を吐き出した。

「天の父よ、ハウに会う機会を与えてくださったことに感謝します。彼が私を悪魔の計画から救うために見出した勇気に感謝します。あなたの御子である耶蘇（イエス）様に彼が近づくことができるように、私を用いてください。父なる神様、もし御心ならば、この勇気のある人を使って、私たちが安全な場所で福音（よい知らせ）の説き明かしを伝えるのを助けてください。父なる神様、あなたの御手で私たちを覆い、私たちに向かう悪からお守りください。主よ、あなたの栄光のために私たちをお使いください。あなたの御子、耶蘇（イエス）様の御名によって祈ります。アーメン」

◇熱すぎたお茶

マリアは小さなポットに蛇口から水を入れ、薪ストーブの上に置いた。お湯が沸くまでの間、彼女は窓から外を眺めた。外には使いこなされた焚き火台と、腰掛用の切り株が置いてあった。マリアはもっとよく見ようと外に出た。

彼女は焚き火台の横の切り株に座り、さっきの母親との電話で、彼女が屋外で平和と静けさを楽しむように言ったことを思い出した。マリアは目を閉じ、心を落ち着かせた。周囲の環境に浸り、緊張が解けて彼女の表情が和らいだ。

彼女の集中は、聞き覚えのある声で途切れた。

「そこにいたのか」。この前の夢で彼女にお茶を入れてくれた年配の男性が言った。「水を飲み終えていたので、お茶を入れておいたよ。先祖の焚き火台を見つけたようだね。ここでカイは祈り、君が今学んでいるのと同じ教えを瞑想したところだ」

年配の男はマリアに近づき、自分が淹れたお茶のカップを手渡した。マリアはカップを受け取ったが、持つには熱すぎた。彼女は本能的に手を引っ込め、お茶のカップを地面に落とした。

「ごめんなさい」。マリアは飛び起きた。

「大丈夫だよ。心配しないで。これは私たちが前回話した時から、君が心の中で考えていたレッスンなんだ」

「どういう意味？」マリアは尋ねた。

「あなたはお茶を探しに私の家族のキャンプ場に来たんでしょう」。男は屈みこんで、こぼれたカップに手を伸ばしながら言った。

男はカップを拾い上げた。しかし立ち上がる頃にはカップはなくなっていたが、拳に何かを握っていた。彼はマリアの手を取り、指を平らに伸ばし、小さな金のペンダントを彼女の手に置いた。

「これは君が見逃してはいけないと警告された知恵と変革を表している」

マリアはそのペンダントをよく見てから、目を覚ました。また夢だった。

マリアはベッドの端に座りながら、足を床につけた。彼女は空っぽの自分の手のひらを見て、ペンダントが魔法で戻ってくるように、手を握ったり離したりした。夢は彼女に語りかけていた。関連性はあるようだが、不完全な情報の断片で彼女を誘惑していた。ペンダントの由来については何も知らないが、マリアはその男が、紅茶を探している間に見逃してはならない知恵と変革を、ペンダントは表していると言ったことを思い返していた。

それでも、最近の夢の中で、年配の男はその小屋が自分の家族のものだと明かした。この場所はどこにあり、何があり、なぜ彼の家族が関係しているのだろうか？　その男は、カイという人がレッスンをしていて、マリアもそれを学ぼうとしていると言っていた。カイはそれにどう絡み、マリアはどんなレッスンを受ける準備をしていたのだろうか？

数時間後、マリアはカフェで茶園に向かう準備をしていた。「三十分ほど早いね」。セバスチャンがテーブルに近づき、マリアに言った。彼女の小さなリュックサックはテーブルの脚に立てかけられていた。

「出発する前に食事をする時間があればと思っていたんだけど……」とマリアは笑って答えた。

「それはいい。何が欲しいの。今注文いれるよ」と彼は答えた。

十分ほどして、セバスチャンがマリアの春巻きを持ってきた。「ピリ辛にしたよ」と彼は言った。

「完璧！」とマリアは言った。そして「今朝の仕事はどうだった？」と質問した。

「今日は結構ゆっくりだったよ。あと二十分くらいで片付けられる。旅行に必要なものは全部そろってる？」

「ええ、準備はできてるわ！」

「いいね、じゃあ仕事を片付けるね。タクシーで駅まで行く時間はたっぷりある。少し待っててね」

セバスチャンは違う服を着て、リュックを背負って戻ってきた。彼女が、制服以外のものを着ている彼を見たのは初めてだった。セバスチャンはかわいいウェイターから一瞬にしてハンサムな男性に変身した。カーキ色の半ズボンに薄緑色の半袖のボタンダウンシャツを着ていた。日焼けした彼は魅力的だった。

「準備万端だ」とセバスチャンが告げ、マリアのテーブルの向かいに座りながら、「そろそろ行こうか？」と聞いた。

突然、マリアの気持ちはあるものに集中した。セバスチャンのシャツの一番上のボタンが外れてネックレスがのぞいていた。

「それ、どこで買ったの？」マリアはセバスチャンがつけているネックレスを指差して尋ねた。

細い革ひもに鈍い金属のペンダント・トップが付いていた。マリアは手を伸ばし、彼の首からぶら下がっている金属片を手に取った。それは彼女の夢、彼女が追い求めるはずだった知恵と変革のペンダントだった。

「気に入った?」

マリアは立ち上がった。「私は真剣なの、セバスチャン。どこでそれを手に入れたの?」

「キャンプ場のギフトショップで買ったんだ。そこでしか手に入らないんだ。このペンダントは、農園のオーナーである織田家と何らかの関係があるんだ。詳しいことは覚えていないんだけど、農園に行くときはいつも身につけているから、僕が初めてじゃないことがわかるんだ」

セバスチャンも立ち上がったので、マリアの手からペンダントが離れた。「ただのお土産のネックレスだよ。欲しいなら農園で買ってあげるよ。大丈夫?」

「ええ、ただ何かあると思って……、ええと……、まあ。そうね。行きましょう」

列車の中で落ち着いた頃、マリアが訊ねた。「農園には素敵な歴史があるって言ってたわね。ペンダントにまつわる話で何か覚えていることを教えてくれる?」

「もちろんさ。レイヤは農園のオーナーだった。一六〇〇年代のことだったと思う。ある日、日本の有名な武士である織田信長の息子(息子の名前は覚えていない)が、日本の山に持ち帰る茶の苗を買うために農園にやってきた。彼はクリスチャンで、茶室で聖書を学ぶ方法を持ってきた。もちろん、ここは茶畑だからうまくフィットした。農園には彼の名前があるのに、町の名前は彼女の名前のレイヤになっている。農園を所有していたのは彼女だからよく理由はわからいけど、後で聞いてみよう。とにかく、君が好きになるであろうレイヤの話に戻ろう。それが受け入れられなかった時代と文化の中で、彼女は強く自立した女性だった。今日のアジア人女性の間では、彼女はヒロインのような存在だよ。彼女は妖精のような女性だった。彼女の本を買えばいいよ。僕が覚えているのはそれぐらいかな」

「ペンダントについては?」

「そうそう」。セバスチャンはペンダントに手を伸ばし、手の中でひっくり返した。「かなり大雑把なんだけどね。クリスチャンにとっては興味深いものなんだ。日本とのつながりだったかな?ごめん、農園で聞いてみないと。いい話だった記憶があるんだけど、今は思い出せないんだ」

六時間の列車の旅は、すぐには終わらなかった。マリアは、セバスチャンと話したり、彼のことを聞いたりする時間が楽しくなかったわけではない。ただ、ペンダントのことが頭から離れなかったのだ。

列車に乗ってから一時間もしないうちに、マリアはセバスチャンに、ペンダントをもっとよく見たいから外してくれないかと頼んだ。色合いは夢と見たものとは違っていた。お土産屋で買ったというそれはくすんだ金色だったが、夢で見たものは違う色合いの金色だった。

それ以外は、彼女が持っていたネックレスも同じように見えた。ペンダントの片側にはシンボルがあった。反対側には十字架があり、円形の縁に沿って文字が書かれていた。マリアは早く農園に行ってその意味を知りたいと思った。

寧徳は上海よりずっと小さく、フランクフルトよりも小さかった。多くの桟橋と船がある港町だった。彼らはキャンプ用品店を見つけ、そこで必要なものをいくつか買った。そして、農園から数キロ離れたところにあるバスに乗るために、小さな地下鉄の広場に向かった。バスが出発して間もなく、彼らは町を離れ、森に囲まれた丘に向かった。

バスはやがて、古びたビルの前で彼らを降ろした。中には小さなコンビニエンスストアがあり、一日に数時間だけ営業していた。それでも、そのビルは寧徳や他の小さな都市や村に送られる荷物や郵便物の保管場所だった。バスの時刻表に詳しいタクシー運転手が数人、別の目的地まで行きたい客を待っていた。

セバスチャンはボロボロのミニバンのタクシーに合図を送った。そのタクシーは林の中の小さな未舗装道路をゆっくりと走った。さらに五分ほど走ると、運転手は右に曲がりくねっている長い坂道を登っていった。やがて景色が変わり、一方の道沿いに生い茂っていた下草や低木がなくなっていた。頭上には巨大な樹冠があり、太陽は遮られていた。古木はほとんどが針葉樹で、巨大な幹を持っていた。マリアは、原生林の威厳に思わずため息をついた。

セバスチャンは言った。「ここは美しいね。この農園は一五〇〇年代からこの木を所有していて、一度も伐採したことがないんだ」

ようやく頂上にたどり着いた彼らは、大きな木製の門をくぐった。森の端、小高い丘の反対側で、マリアは息をのんだ。セバスチャンは運転手に、マリアが降りて写真を撮れるように停車するよう頼んだ。

「ここは特別な谷だ。丘と山に囲まれているのがわかるだろう。谷底はとても平らで、紅茶の栽培やキャンプ場の運営に必要な建物を建てるのに理想的なんだ。谷の大部分は茶畑に囲まれていて、丘の上や下、奥の山まで続いているんだ」

マリアは松の燃える匂いを嗅ぎ、どこか懐かしい場所に連れて来られたような気がした。彼女は微笑んだ。彼女は女性として、温かさ、居心地のよさ、愛、そして自信を感じた。ここはドイツから何千キロも離れた場所なのに、彼女はここが我が家だと感じた。それは彼女のお茶であり、農園であり、ビジネスだった。そしてもう一つ、彼女は恋をしていた。何に、誰に、かはわからないが、彼女は恋に落ちたような気がした。

彼女はセバスチャンをちらりと見た。いや、彼ではない。他の誰かだ。彼女は数枚の写真を撮り、車に戻った。

タクシーがキャンプ場に着くまで、セバスチャンとマリアは無言だった。彼が料金とチップを運転手に渡し、キャンプ場の売店でチェックインを済ませると、すぐにテントを張った。

キャンプ場は谷底の端にあった。ちょっとした小高い丘の上にあり、視界は谷の終端まで開けていた。小型トラックが収穫した茶葉を運んできて、スモークハウスで乾燥させていた。他のキャンパーたちはテントを張ったり、野原でゲームをしたり、運動場で遊んだりしていた。

マリアが安心して過ごせるように十分な間隔をあけて二つのテントを張るには、十分な広さの平地だった。キャンプ場の裏側は山になっていたので、彼らは谷が見えるようにテントを張った。谷は丘と山に囲まれ、茶畑と原生林に覆われていた。キャンプで一夜を過ごすには絶好の場所だった。

テントを張った後、彼らはキャンプ場の真ん中にある小さな売店を訪れ、マリアのためのペンダントと、焚き火で温めてすぐに食べられる食料を購入した。セバスチャンがお金を払って薪二束をテントに運んでもらい、二人は農園の片隅に戻った。

夕食を終えると、マリアとセバスチャンは焚火を囲んだ。セバスチャンは楽しそうにおしゃべりをしていたが、マリアは母親の忠告に反して、リラックスするどころか、頭の中はあの夢でいっぱいになっていた。

しかし、キャンプファイヤーがふたりの会話にもたらしたのは、マリアを現実に戻し、心を落ち着かせたことだった。マリアは焚き火を見つめながら、すぐに農園のゲートの景色を思い出し、温かくて特別な場所に戻ったような感覚を覚えた。ふたりは夏の予定、将来の計画や将来の住まいなどを話し合った。お互いを知るにつれ、ふたりには多くの共通点があることがわかった。同じ趣味や食べ物を楽しみ、二人とも世界を旅する計画を持っていた。

マリアは肘をついて夜空を見上げた。アパートのバルコニーから眺める星も美しかったが、農園の真ん中ではもっと輝いていた。その夜は懐かしさや、安らぎがあり、心地よく、そして冒険的な感じがした。彼女はそこが彼女の居場所であると感じた。焚き火のそばで何時間も過ごした後、午前一時にようやくふたりは互いにおやすみを告げた。マリアは旅に誘ってくれたセバスチャンに感謝し、テントに入った。

◆薄茶色と白色

カイとハウは翌日の昼過ぎに杭州に到着した。一晩中寝食を摂らなかったため足は重くなったが、イーチェンの手下から危険な目に遭うこともなく、杭州に到着することができた。いくつかの手がかりを得た後、彼らは乗馬用に調教された二頭の馬を見つけることができた。カイはまた、数杯の米、豆饅頭（まんじゅう）、塩漬け肉、着替えなどを購入した。

食べ物にありついた彼らよりも、その馬はもっと元気があった。カイの馬は、薄茶色と白色の二色模様が特徴的だった。たてがみは上半分が白色、下半分が薄茶色で特別な馬だった。

カイとハウは寧徳に向けて走り出した。休息に立ち寄る前に、少なくとも八時間は走らなければならない。二日半から三日はかかるだろう。走っている間、二人はあまり話をしなかった。二人とも、いろいろなことを考えていた。たった二十四時間の間に、彼らの人生はまったく変わってしまったのだ。ハウは、上海やその周辺はもう安全ではないことを知っていた。カイは二人がいつまで一緒にいるか約束しなかった。ハウはその時々の直感で行動したが、今は、カイが自分を彼の仲間にしてくれることを望んでいた。耶蘇（イエス）がカイの心に何を語るにせよ、ハウは自分が果たせる役割があることを期待していた。

カイとハウが北東側から寧徳に入ったのは、暗くなってから一時間あまり経った頃だった。通りは静かだったので、助けてくれそうな人を求めて二人は村の中をゆっくりと通った。数分後、二人は町を反対方向に歩いている男に出くわした。ハウはその男に話しかけた。「すみません。朝まで数時間休める場所を探しています。馬に水をやったり、誰にも迷惑をかけずに眠れる場所を探しているんです」

男はカイの馬の首の前を撫でながら聞いてきた。「なんて美しい動物なんだ。長旅ですか?」

「はい」とハウは答えた。「馬も私たちと同じように疲れています」

「そうですね」。男は答えた。「この道で村を通り抜けてください。二キロほど行くと、何キロも続く木々の生い茂った道を通る。今夜はあまり月が出ていないが、それでも見ればすぐにわかるでしょう。馬に乗った多くの観光客がそこで一泊する。村から離れた並木の脇に行くと、馬に水をやるのにぴったりの小川が流れている。そこなら誰にも邪魔されない。この辺りではよく知られています」

ハウは馬の上からお辞儀をした。「ありがとうございます。感謝します。残りの夜を楽しんでください」

「あなたもね」と見知らぬ男は答えて、歩き去った。

ハウとカイは、その男が言ったとおり、木々の生い茂った場所を見つけた。夜の闇の中で、彼らは長い範囲に広がるいくつかの焚火を見た。人々が一晩宿営をしている場所だ。

彼らは馬に水をやるために立ち止まった。「なるべく道から離れたほうがいいと思う」とカイが言った。

「私もそう思います」とハウが答えた。「上海との距離は十分にとったので、見つかる危険はないと思います。それでも、イーチェンとその一味はよく知られている。数日後、ここで私たちを見かけたと彼らに告げられるのを避けましょう」

彼らはいい場所を見つけた。カイは前日、馬に水をやり、昼食をとるために立ち寄った市場で毛布を数枚買っていた。

うっそうと生い茂る木々の中に入ると、月のない夜は黒インクのように暗かった。二人は馬から降り、暗闇の中で馬をつなぎ、焚火用の薪を集めた。やがて二人は小さな火を起こし、夜を明かすのに十分な明かりを得た。

二人は焚火からそう遠くない場所に腰を下ろした。静かに座っていると気持ちがいい。肉体的にも精神的にも疲れていたが、火のそばに静かに座れることは、眠ることよりも魅力的だった。

ハウが沈黙を破った。「何を考えているんですか?」

「正直に言うと、何も考えないようにしているんだ」。カイは目を閉じ、首をゆっくりと反時計回りに回した。「君は何を考えているんだ?」

「また僕たちのために祈ってくれるんじゃないかと思って。どう説明したらいいのかわからないけど、この間、上海を出た後にあなたが祈ってくれた時、とても安心できたんです。できれば今それを感じたいのです。そして、それがどう作用するのか説明してくれますか?」

カイは微笑んだ。「目を閉じて、頭を下げて。それで気持ちが落ち着くなら、深呼吸して」

「天のお父様、私たちは、あなたがそのようなお方であることに感謝する時間をとりたいと思います。私たちが無事に寧徳に到着できたことを感謝します。敵に怯えることなく、ゆっくり休めることに感謝しています。

今夜、私たちを取り巻く平和と安らぎに感謝していますが、私たちの前にはまだ未知のことがたくさんあります。父なる神様、私たちの行いのすべてをあなたに近づけるようにお導きください。私たちの人生と意志をあなたの栄光のためにゆだねます。あなたの御心のままに、私たちをお導きください。ハウはまだ気づいていないかもしれませんが、私たちは二人ともあなたを愛し、あなたの御国を前進させるために用いられることを願っています。あなたの御子、耶蘇（イエス）の御名によって祈ります、アーメン」


カイはもたれかかり、上半身の重みを肘にかけた。彼は数秒間考え込み、ハウに話し始めた。

「祈りは、耶蘇（イエス）様と父なる神様への直接的な会話なんだ。だから、祈りは私たちの日常生活で最も重要な会話でなければならない。祈りなしには、神様の御心と、神様が私たちのために持っておられる目的に従うことは難しいんだ」

「耶蘇（イエス）様と父なる神様との違いは何ですか？　そして、耶蘇（イエス）様が基督教の神様なら、なぜ父なる神様に祈るのですか？」とハウは質問した。

カイは咳払いをして背筋を伸ばして座った。三位一体の神は東洋の宗教にとっては異質なものだ。カイ自身も最初はその概念の理解に苦労した。そこで彼は、創造主である父なる神を紹介することにした。どの国にも自国を創造した存在についての伝説がある。

「ハウ、創造主は私たちの住む世界とそこにあるすべてのものを造られた。創造主の名前は君の国の言葉でなんていうの？」

「上帝（シャンディ）」とハウは答えた。

「素晴らしい」とカイは答えた。「日本はアメノミナカヌシ。聖書ではヤハウェとか、エル・シャダイとか、エル・エリオンなどと呼ばれている。そのお方は慈悲深く、すべてのものの創造主である。聖書によれば、私たちの天の父なる神様は、世界に形を与えた後、海の水を創造した。そして、主は私たちの住む大地を形成し、昼の光と夜の闇を造られた。空に輝くすべての星をお造りになり、その一つ一つに名前をつけて知っておられる。そして、世界のすべてを造られた後、御自身に似せて人を造られた。わかったかい？」カイが訊いた。「父なる神様は世界とそこにあるすべてのものを造られた。そして、御自身に似せて人を造られた」

ハウは樹冠の葉の間から見える一つの星を見上げていた。しばらくの沈黙の後、彼はもっと知りたくなった。

「『作る』ことと、『造る』ことの違いは何ですか？」

「父なる神様が造られたすべてのものは、父なる神様が言葉をかけることでできた。言葉によって、無から有を生み出した。だから、父なる神様は、私たちの住む世界を言葉によって存在させたのだ」

とカイは説明した。

「人間の場合は違った。父なる神様は最初の人間を土の塵から造られた。人間の殻を作ったんだ。そしてすべてが完璧になったとき、神様は人の殻、つまり最初の人アダムに命の息を吹き込んだ。アダムは初めて目を開き、創造主と対面した。アダムは神様の息吹そのものを吸っていたんだ」

「耶蘇様はどう関わっているのですか？」とハウは尋ねた。

「それはまた別の日にしよう。これ以上先に進む前に、茶室の巻物と聖書を開いてもらいたい。三位一体の神を理解するには、新鮮な心が必要だ。

そろそろ寝よう。今夜は、君と君の創造主である神様について、そして君が神様の計画の中でどのように生きることができるかを考えてみてくれ。ハウ、君は偶然に生まれたわけではない。君は、君を特別に愛し、君の人生に特別な計画と目的を持っている愛に満ちた神様によって創造されたんだ。あなたのお父さんは、神様の計画を無視したり、それに抗ったりするのではなく、神様の計画に同調して生きることが素晴らしいことだと知っていたんだ」

カイは立ち上がり、山から集めた薪を二本手に取った。そして、すでに燃えている丸太を動かし、その上にさらに二本の薪を並べた。

カイは横になった後、静かに祈った。「準備はできています。少し不安ですが、あなたを信じています。今ここで失敗するために、私をここまで連れてきてくださったのではないことを祈ります。私を導いてください。無力な私の力となってください。迷っている私を導いてください。自分では何も見つけられないとき、私の慰めとなってください。私は、すべてがあなたの御心のとおりに進んでいることを信じます。ありがとうございます。主耶蘇の名によって」

翌朝、カイは早起きして、雑木林を抜けて小さな小川に降りた。そこで彼は、一人で祈ることができる静かな場所を見つけた。静寂の中で、カイは聖霊とつながることができた。祈りと御言葉とで一時間ほど過ごした後、カイは生きていることを感じた。彼の霊はリフレッシュされた。信正は彼に「安息日」、つまり週に一度だけでなく、いつでも神様の安息に入ることの大切さを教えてくれた。「神の安息に入る人は、神がご自分のわざを休まれたように、自分のわざを休むのです」（ヘブル人への手紙4・10）。

このような考え方において、私たちは必ずしも肉体労働から解放されるわけではないと、信正は教えた。その代わり、神は私たちを通して神の御業（みわざ）が成し遂げられるという確信という形で私たちに休息を与えてくださる。神はすでに私たちを通してご自身の業を成し遂げる計画を立てておられ、必ずそれを成し遂げてくださるということを知ることは、安らぎを与えてくれる！　私たちの役割は、ただ神の御声と御言葉に従順に従い、神と密接に生きることだ。それ以外のことは、すべて神がしてくださる。耶蘇（イエス）は、父なる神と二人きりで過ごす時間を通して、このことを頻繁に模範とされた。一人きりの時間は、私たちを御心、御声、御自身に注意深くさせてくれる。

ハウが目を覚ました後、カイは彼のために祈った。これからの一日は順調にいくように思えた。寧徳に馬に乗って戻る。農園への道を聞く。そして、農園に向かう。二人とも、神の本当の旅が始まったばかりだとは知らなかった。

「この農園についてどれくらいの情報を持っているんだ？」カイが尋ねた。

「正直に言うと、それほど多くはありません」。ハウは答えた。「村からかなり離れていて、見つけるのは簡単ではないのです。おそらく地元の人たちはその場所を知っていると思います。ある女性が主なんです。通常、彼女か彼女の親しい人のどちらかが、避難場所を探している人と話をします。そして、その農園がその人たちに合うかどうかを決めるです」

カイはハウを直視した。「私たちは窮地に立たされている。避難場所が必要だが、もしイーチェンが私たちを探しに来たら、誰にも知られたくないし、覚えていてもらいたくもない。しかし、避難所を見つけるためには、避難所がどこにあるのかを尋ねなければならない。ここで私たちは天の父を信頼する。私たちは行動を起こし、結果を天の父に委ねる。村に行き、朝食を見つけ、神様が正しい地元の人に尋ねるよう導いてくださると信じよう」

寧徳は温かく歓迎された場所のようだった。ほとんどの人が笑顔で、親切な言葉で挨拶をしていた。カイとハウは、朝食に卵とご飯を食べられる小さな場所を見つけた。彼らは建物の前に馬をつなぎ、テーブルの前に座った。十代の少女がテーブルに近づき、二人に敬意を示すようにお辞儀をした。彼女は二人の注文を取り、数分後に食事を運んできた。食事の途中で、その少女は再び現れ、カイとハウが食事を楽しんだかどうか、他に何か必要なものはないかと聞いてきた。

お茶は絶品だった。スモーキーな香りがした。「このお茶はとても美味しい。秘訣は何?」と彼女に聞いた。

若い娘の笑顔は、お茶に関する質問やコメントに慣れていることを示していた。

「私たちのお茶の秘密は、すべてが地元産だということです。茶葉は村の西の丘にある私の友人の農園で栽培されたもので、彼女からしか仕入れません。その農園は、仕事を必要としている地元の人たちを雇う役割を果たしています。彼女の特別な茶葉を買うために、あちこちから人がやってきます」と少女は笑顔で答えた。

カイは微笑み、彼女にもう一度お礼を言った。カイとハウは食事を終え、勘定を済ませた。彼女は帰り際にもう一度挨拶をして、「ご来店、ありがとうございました」と言った。

店を出る時、カイが彼女に尋ねた。「お友達のお茶を買いたいんだけど、農園はどこにあるの？」少女は熱心にカイに農園への道を説明した。馬に乗れば一時間ほどで着くという。しかし、カイは移動の際、細部に注意を払う必要があった。農園は一般的な小道からかなり外れていた。探さなければならない並木道や、簡単には見えない荷馬車の道もあった。

一時間後、彼らがそこに着くはずだった頃、カイは彼らが道に迷っていることを確信した。カイとハウは馬を止め、二人は馬の上に座り、激流を渡る細長い橋を眺めた。古く、板が何枚か欠けていて、農園に通じているとは思えなかった。しかし、彼らにはそれしか選択肢がなかった。

ハウが沈黙を破った。「母がよく言っていたのは、『渡るべきでない橋もある』と」

「どこかで道を間違えたような気がしてならない」とカイが言った。「朝食の時の女の子は、道順をとても丁寧に教えてくれた。もし橋を渡ることになっていたら、彼女はその橋について説明しただろう。でも、僕たちは彼女の指示に完璧に従ったんだ」

カイは馬から降りて橋まで歩いた。橋に通じる広い門があったが、橋の幅は狭く、馬一頭がやっと通れるほどだった。カイは兄から、それぞれの巻物の主な一節には耶蘇（イエス）・基督の五つの教えのうちの一つが書かれていると聞いたことを思い出した。南の巻物の一番上には「狭い門から入りなさい。滅びに至る門は大きく、その道は広く、そこから入って行く者が多いのです。いのちに至る門はなんと狭く、その道もなんと細いことでしょう。そして、それを見出す者はわずかです」（マタイの福音書7・13、14）とあった。

日本と清では、門は重要な意味を持っていた。物理的にも形而上学的にも、門は入り口を示すものだった。カイは、この広い門と狭い道が橋の建設者にとって意味があるのだろうかと考えた。

彼は小道から石を拾い、橋の下の急流に投げ入れた。川は馬に乗って渡るにはあまりにも深く、危険で、川幅は少なくとも二十メートルはあった。橋は荒れていた。何枚かの板が欠けているほか、他の板も弱そうだった。カイはゆっくりと五メートルほど歩いて橋を渡った。彼は二度跳ねてみたが、橋は見た目よりも頑丈に見えた。

「君の選択だ。先に渡るか、それとも私の後に続くか？　二頭の馬を同時に橋に乗せるのはどうかと思う。試しに私が先に渡ろう」とカイがハウに言った。

「わかりました」とハウは答えた。

カイが馬から降り、ゆっくりと橋を渡った。馬の脚の一本が何箇所か板を突き破った。しかしそのたびに、幸運にも残りの三本の足が持ちこたえ、カイと馬は無事に橋を渡ることができた。

馬術の達人であるハウは馬から降りなかった。彼の目から見ると、馬に乗っていたほうが安全なように思えた。速ければ、一枚一枚の板を支えるのに必要な時間は短くなるし、走る馬は隙間を避けるのに長けている。ハウは片手に手綱を持ち、馬のたてがみを指に巻きつけた。彼は馬の横腹に足を突っ込み、馬を全速力で橋の向こう側へ飛ばした。ハウの予想どおり、馬は欠けた板を上手に飛び越え、他の板を突き破ることはなかった。彼の計画はうまくいくように見えた。
橋の四分の三ほどのところで、川の中に塔があった。馬がそれに向かって疾走すると、カイは鉄塔が緩んで崩れるのを見た。橋の下の岩、土、木が崩れ、ハウと馬は六メートル下の急流に落ちた。カイは彼らが激流に落ちるのを見た。川の水面を見渡していると、馬が先に上がってきて、必死に嘶（いなな）いた。ハウが息を吹き返した時には、彼は十五メートルほど下流にいた。彼は岩に衝突し、右に跳ね、再び激流に飲み込まれる前に息を飲んだ。

カイは馬に乗り、向きを変え、唯一の道を駆け下りた。川の左岸に沿っている小道を期待していたが、それはなかった。道はまっすぐのまま、川から離れていった。カイは曲がり角にたどり着けないかと二キロほど走ったが何もなかった。絶望した彼は、川に向かって馬を走らせた。川で馬を繋ぎ、歩いて川を辿ろうと決心した。カイは、ハウが川岸に押し出され、すぐに川から出たことを願った。カイが祈っていたのは、彼が生きているのを見つけることだった。

カイの下流への歩みは遅かった。渓流の横には藪（やぶ）が生い茂り、大きな岩があった。カイは自分の二十倍ものスピードで流れる渓流を目の当たりにし、生々しい感情を抱いた。唯一の望みは、ハウが早く激流から逃れたことだった。そうでなければ、カイが一〇〇メートル進む前に、一キロ以上下流まで流されてしまうだろう。カイは我慢しながら歩いた。彼は十メートルおきにハウを呼び、祈り続けた。

それから六時間後、傷とあざ、そして空腹を抱えたカイは諦めて引き返した。日没まであと数時間しかなく、その夜はハウを見つけるのは無理だとわかっていた。

日が暮れてから、彼はようやく崩落した橋まで戻ってきた。月明かりの下での帰路はもっと大変だった。岩を踏んでしまい、足元で岩が回転した。足首がねじれ、足が滑り落ちた。その瞬間、足が岩の割れ目に落ち込み、隣の岩に激突して足首を強打した。なんとか足は抜けたが、両足とも骨折していた。足を上げると、どうしようもなくバタついた。

森から一キロほど這うように歩かなければならなかった。ようやく橋までの道を見つけたとき、彼は喜んだ。馬に水をやり、食事をし、残りの夜を寝床で過ごす時が来たのだ。近くまで来ると、馬の鳴き声が聞こえるかと思ったが、不気味なほど静かだった。しかし、嵐の目にいるような不気味な静けさだった。馬をつないだ木のところまで行くと、馬の姿はなかった。

◇あなたは、夢の人！

森の中に転がっていた写真アルバムに見覚えがあった。ドアも窓もない部屋にあったものと同じだった。彼女はすぐに、そのアルバムを手に取り、この夏が彼女の残りの人生を変革する夏になるだろうという手紙がある最後のページを見た。手紙はなかった。代わりに、マリアはアルバムの中に新しい写真を見つけた。

写真は一日の写真集で喫茶店でおにぎりを食べている写真から始まった。何枚かの写真は列車に乗っている時のもので、次に農園まで車で移動している時のもの、そして夕食を食べる前にキャンプ場を散歩した時のものもあった。マリアはある共通点に気づいた。セバスチャンがどの写真にも写っていないのだ。まるで彼は、彼女にしか見えなくて、写真には撮らない幽霊のようだ。

マリアはアルバムの最後のページにたどり着いた。そのページには写真はなく、木の板と竹でできた古い建物の前に、木の十字架が立っている美しい絵が描かれていた。その絵は細部まで精巧に描かれており、まるで何百年も前のもののように見えた。

マリアは恐る恐る最後のページをめくり、裏に何か書かれていないか確かめた。ページの真ん中には色鉛筆で描かれた絵があった。マリアがセバスチャンのネックレスのペンダントを手にして電車に座っている絵だった。その絵のすぐ下に、誰かが小さな文字で何かを書いていた。マリアはアルバムを手に取り、自分の顔に近づけて、その文字が何なのか確かめた。

「おかえり、マリア。学ぶべきことはたくさんあるし、やるべきこともたくさんある。知恵と変革の準備をしなさい」

マリアは目を覚まし、まっすぐに座った。彼女は寝袋から這い出て、ナイロンのテントのファスナーを開け、手と膝をついて外に出た。マリアは息を切らしていた。彼女はパニック発作を起こしたことはなかったが、これはパニック発作に違いないと感じた。マリアは立ち上がり、谷の景色を振り返った。ラベンダーの泡風呂に入ったようで、心が落ち着いた。

彼女はセバスチャンのテントを見回し、何か物音がしないか耳をすませた。何も聞こえないので、彼女は彼が眠っているのだと思った。彼女はつま先立ちで彼のテントの小窓を覗き込んだ。彼は眠っていた。マリアは安心した。

彼女はテントからリュックサックと携帯電話を取り出した。午前六時を数分過ぎていた。彼女がテントに入り眠ったのは、ちょうど五時間前のことだった。

彼女は、静かにピクニックテーブルに座り、夢を記録するためにパソコンを取り出した。セバスチャンの首にペンダントがかかっているのを初めて見たとき、写真からセバスチャンが消えているのを見たとき、そして「準備をしなさい」という警告を繰り返すメッセージを見たときなどを詳細に、そして彼女の心情も書き込んだ。

セバスチャンがまだ起きないので、彼女はシャワーを浴びて、その日のための服を着ることにした。トイレとシャワーのパビリオンはキャンプ場の中央を歩いてすぐのところにあった。マリアは目を閉じてシャワーヘッドの下に立ち、見たばかりの夢を思い出していた。

「おかえり、マリア。学ぶべきことはたくさんあるし、やるべきこともたくさんある。知恵と変革の準備をしなさい」

ここが家だなんて。その上、何を学び、何をするのだろう？　ペンダントには重要な意味があるのだろうか。それが知恵と変革なのか？　農園はすべてに関係しているのだろうか？

マリアは体を乾かし、服を着た。歯を磨き、数分かけて髪をとかした。化粧をしてから、マリアはキャンプ場に戻るためにパビリオンを出た。マリアは話す準備ができていた。彼女は頭で繰り返し夢を思い出していた。彼女はこの夢を誰かと話したかった。セバスチャンとなら、それができるかもしれない。マリアは右側を見て、キャンプ場の中央にある小さな店がすでに開いていることに気づいた。温かいお茶を飲もう。きっとおいしいだろう。

マリアはカウンターに歩み寄った。

「いらっしゃいませ」。親切な中年の女性がカウンターの奥で彼女を迎えた。

「温かいお茶をお願いします」

「当店の有名な火で味付けされたファイヤーブレンドのお茶はいかがですか？」

「それがいいわね。二つください。まだキャンプ場に友達がいるの」。マリアが答えた。

「数分ください。一杯ずつ淹れたてにします」。女性は答えた。「店内を御覧になってもいいですし、外で待っていていただいてもＯＫです」

「ありがとう」。マリアは勘定を済ませると、外に出た。

キャンプ場は目を覚ました人々で活気を取り戻し始めていた。キャンパーたちはシャワーを浴びたり、トイレに行き来したりしていた。マリアはドアを出たところの椅子に座った。彼女は、二匹のリスが木のまわりで追いかけっこをしているのを見ていた。自然も新しい日を迎えようとしていた。

「ファイヤーブレンドのお茶を二杯」とマリアの後ろから陽気な声がした。

マリアは椅子から立ち上がり、彼女の注文を告げた男性の方を見た瞬間、その姿を見て口をつぐんだ。その男性はマリアより数センチ背が高く、短く整った白髪だった。彼の笑顔は朝日のように輝いていた。彼は一言一言、慰め励ますように話した。それは聞き覚えのある声で、マリアは二度ほど耳にしたことがあった。彼女は夢の中で、一部屋しかない小屋で年配の男性を見たのを思い出した。

「あなたは、夢の人よ！」マリアはその男性に聞こえるくらいの大きな声で言った。「どうなってるの？」マリアは尋ねた。

そして、マリアは下を向いてささやいた。「これも夢なの？」

「ごめんなさい」と、その男性は優しく答えた。「何を言われたか、わかりませんでした。大丈夫ですか？」

「どうなってるの？」マリアは今度は少し大きな声で言った。

「ファイヤーブレンドのお茶を二杯注文しましたか？」少し離れた男性が尋ねた。

「あなただなんて、信じられない」。マリアは答えた。

男性はマリアが誰かに話しかけているのかと思って振り向いた。

「ご婦人、私もあなたに会えて嬉しいのですが、以前にお会いしたことを覚えていないのです。ごめんなさい」

「お願いです」。マリアはすかさず言った。「私が目覚める前に、あなたの名前を教えてください。何とお呼びすればいいのか」と彼女は続けた。

「私の名前はフーです」。彼はマリアに軽く会釈した。「長い人生で多くの人に会ってきました。あなたの名前を知らなかった失礼をおゆるしください」と言った。

マリアはショックだった。この人が夢に出てきた人で、何か理由があって、ばったり会ったのだと思ったからだ。

「以前に二回お話ししたはずなのに、どうしてそう言えるのでしょうか？」とマリアは尋ねた。「私に何を教えてくださるつもりだったのですか？」

最後の質問がフーの注意を引いた。彼女は生徒だったのかもしれない。過去四十五年間、彼は茶室の巻物を通して何百人もの人々に聖書を教えてきた。彼が六十代後半の今、神の言葉を教えることは彼のライフワークだった。

「これも、また夢なのか？」マリアの質問は奇妙で、つながりがないように思えた。

彼はピクニックテーブルを指差しながら言った。「ここに座りましょう」とマリアの腕にそっと触れ、彼女を案内した。その感触は、呆然とするマリアに安らぎと落ち着きを与えた。そして夢の中ではないことを確信させた。これは現実なのだ。しかし、その心地よさはほんの数秒しか続かず、彼女は上海行きの機内で悪夢から覚めたときの恥ずかしさを再び味わった。ここ数日、彼女は混乱していた。夢は現実のようで、現実は夢のようだった。あまりにもひどかった。

「ごめんなさい」。マリアは涙をこらえながらささやいた。そして、その男性から二つのお茶カップを受け取ると、彼女は続けた。「別の方と勘違いだったようです。もう行かなくちゃ」

「待って、少し話をしましょう」と彼は割り込んだ。

「行かなくちゃ。友達がキャンプ場で待っているのです。もうすぐ出発なので準備します」

マリアはお茶を受け取ると、足早に立ち去った。彼女はその場からできるだけ離れたかった。もしかしたら、すぐにでも農園を出たほうがいいかも知れない。でも、セバスチャンは理解してくれるだろうか。彼に説明しても、理解してもらないのでは。このことは誰にも理解できないのだから。誰にも言わずに、自分の中に収めておくほうがいい、と彼女は決意した。誰も知らないほうがいいのだ。しかし、そのことを話さないと決めたとたん、彼女の手はまるで感情をすべて吐き出さなければならないかのように震え始めた。それは次第に激しくなっていった。マリアはお茶をこぼさないように歩くペースを落とした。しかし、手の震えは腕にまで及んだ。彼女は地面を見下ろしていたが、上を見上げれば自分の手に負えないほどの刺激を受けると確信していた。

体を震わせながら、彼女は歩くのを止め、カップを置いた。アドレナリンが血管を駆け巡った。彼女は地面を見つめて立ち、筋肉をパニックに陥れている過剰なエネルギーを地面が吸収してくれるよう願った。安心はできなかった。マリアは頭を上げ、地平線の向こうのキャンプ場を覗き込んだ。鳥たちが森を飛び交っていた。明るい朝日が露に覆われた草原を照らし、野原の木々の後ろに巨大な影を落としている。空は青い空色だった。オレンジ色に染まったポピーが微笑みながら太陽に、「おはよう、人生は素晴らしいよ」と挨拶している。大自然が放つ輝きに浸りながら、彼女の心は落ち着きをとり戻しつつあった。

この距離から見ると、セバスチャンのテントはそのままのように見えた。彼を起こして話をしたほうがいいかもしれない。話すのはいいことだ。テントの向こうへ、小道が森の中に消えていった。数日前まで、彼女の薄紫色の人生には色も情熱も生きるすべもなかった。彼女は宇宙に向かって、曖昧な人生を変える何かを与えてほしいと叫んだ。大声で叫びすぎたのだろうか。まるで彼女の心が答えを知っていて、彼女が知らないかのようだった。すると彼女は突然、自分がどこにいるのか気づいた。そこは夢の中で小屋を囲んでいた光景だった。

マリアはその光景を遠くから見るために数歩下がった。彼女は自分が見ているものが信じられなかった。森を背にした場所とまったく同じ角度と曲がり角。背後には急な丘があり、右手には小道がある。夢で見た光景を絵に描いたようだった。そこは年配の男性が持って来たお茶を落とし、ペンダントを拾ってマリアの手に置いた場所だった。その光景の啓示と美しさ、そして幽玄さが混ざり合い、震えが止まった。しかし、彼女の心はまだ不満の霧の中にいるようだった。身体的には何の問題もなく、危険な状態でもなかったが、現実と夢の区別がつかず、混乱し、力がぬけ、逃げ出したくなった。

彼女はキャンプ場に向かって歩き出したが、着いてから何をするかわかっていなかった。

「ここにいたのか」。セバスチャンが声をかけた。「君がテントにいないことに気づいて、心配になっていたんだ」

マリアは黙ってキャンプ場の焚き火台まで歩き、セバスチャンにお茶の入ったカップを手渡した。「ここから出なきゃ」。マリアはとっさに漏らした。「一刻も早く上海に戻らないと」

「何のこと?」セバスチャンが尋ねた。「大丈夫なの?」

「いいえ、大丈夫じゃない」。マリアは答えた。「ごめんなさい、セバスチャン。家族に緊急事態が起きたの。できるだけ早く上海に戻らなければならないし、数日間フランクフルトに帰る必要があるかもしれない。そのための列車の切符を買うし、バス代やタクシー代も払うから、できるだけ早く戻りましょう」

「じゃあ荷物をまとめよう」。セバスチャンは、計画の変更に何の不都合もないかのように答えた。「テントのレンタル料の一部として、テントの撤去に来てくれるんだ。彼らはテントが清潔で無菌であることを確認する必要があるしね。僕たちはお店でチェックアウトして、帰ることを伝えるだけでいいんだよ」

荷造りをしている間、マリアはセバスチャンが店をチェックアウトするのに付き添うことにした。マリアはあの年配の男性に再会することを望んでいた。もしかしたら、すべて自分の思い込みだったのかもしれないし、彼が夢に出てきた男性でなければ、彼女が経験している感極まる感情も消えてしまうかもしれない。

二人は小さな店に入り、カウンターに向かった。店内をよく見たが、注文を受けた女性も、二杯のお茶を持ってきた男性も見当たらなかった。その代わりに、今度はカウンターの向こうに自分たちと同じくらいの年齢の若い男性がいた。列車に乗るための飲み物とスナックを買った後、マリアはパビリオンに戻り、タクシーを待つ間にトイレに行った。彼女は鏡の前で化粧をし、できる限り気持ちを落ち着かせてから、セバスチャンが待つ場所に戻ろうとドアを出た。

「すみません、お嬢さん」。マリアはその声に振り向いた。「フーからこの名刺を預かって、また会ったら渡してくれって頼まれたの。彼はこのキャンプ場のオーナーで、今朝あなたが注文したお茶をあなたに手渡した人です」。名刺の裏には携帯の番号が書いてあった。「フーは私に今朝のことは申し訳なかったと伝えてほしいと言っていました。そして、電話をしてほしいって。大事なことだそうです」

「ありがとう」と言ってマリアは女性から名刺を受け取った。それはキャンプ場の連絡先が書かれた農園の名刺だった。それを裏返すと、そこには几帳面な字で携帯の電話番号と「フー・オダ」という名前が書かれていた。

「フーはまだこのあたりにいるの？」マリアは顔を上げた。しかし、その女性はすでに出て行ってしまった。

◆見つける者は少ない

「神様、私をあわれんでください」

カイには馬、食料、衣類、寝具もお金もなかった。そしておそらく最悪なのは、茶室の巻物がなくなっていたことだ。彼は背中の衣服、そして正気と聖霊以外にはほとんど何も持たず、清の奥地で途方に暮れていた。彼は暗闇の中で座り込み、なぜ今まで海を離れていたのだろうと考えた。海で起こりうるほぼすべての状況に備え、それを乗り越えてきた。何をすべきかわかっていた。彼の周りには立派で忠実な男たちがいて、海では自信を持っていた。しかし今、陸の上では、彼は道に迷い、漂流し、孤独で、自信とは無縁だった。

彼は自分の窮状について考えるうちに、一度に一つの行動を起こさなければならないことに気づいた。そして、唯一合理的な次の行動は眠ることだった。さらに彼は、小道で寝ることを決意した。お金のある男は森に隠れて眠る。失うもののない迷える男は、見つかるかもしれない場所で眠る。

「天の父よ、誰かが私が見つけるように！」

失望を意味する朝日が昇った。誰も通りかからず、カイの足首は三センチほどの厚さに腫れあがっていた。太ももの八センチの傷は血がにじみ出て痛々しく、背中と首は固い地面での眠りによって痛んだ。彼は地面に横たわって耳をすませた。唯一の音は、彼の味方を奪い、傷ついた男の心に何の希望も語らない、怒るような川の流れだった。

寝ている間に奇跡が起きたことを祈りながら、彼は立ち上がろうとした。しかしそうではなかった。足首に少しでも体重がかかると、カイは苦悶の表情を浮かべて崩れ落ちた。彼は状況を判断した。少なくとも二キロは人通りがない。命が助かる可能性を見出すには、あとどれくらい這わなければならないかは未知数だった。橋は破壊されており、橋を渡って戻ることはできない。

彼は腰を下ろし、論理的に考えた。遅かれ早かれ、誰かが川のどちらか一方にやってくる。川の端にいれば、両岸の人々に見つかる可能性がある。一方、橋から離れれば、その可能性は半減する。決心して、彼は川まで這い戻った。水を飲み、傷口を洗い、冷たい水の中に足首を突っ込んで腫れが引くようにした。そして、そこから這い上がり、橋の端に腰を下ろした。待つことにした。誰かがすぐにやってくるだろうと思った。

兄なら何と言うかを考えながら、彼は微笑んだ。信正は北日本の寒い山奥に追放されていた。最初の冬、彼は死にかけた。信正は言った。「神様と僕だけだった。そして、誰もが人生の中で、自分と創造主だけであるときを迎えるべきだ。神様への全面的な依存は神様が望んでおられることだが、本当に試される人はほとんどいない」

カイは空を見上げた。「あなたと私だけです。この試練に耐えられるよう助けてください。私はあなたのものです。お父さま、あなたの御心のままに」

それからの数日は、祈りへの応答はなく過ぎていった。毎朝、太陽が昇るのを見るたびに、さらなる失望を覚えた。彼は水を飲み、川辺で生草を食べ、そして待った。夜は寒く、昼は暖かかった。何度か降った雨は、彼の頭の中で想像した茶畑を潤し、清の人里離れた小道でぐったりと横たわる衰弱した体を濡らした。

最初の数日は、土の道に線を引いて日を数えた。しかし、日が経つにつれ、食べ物が尽きて衰弱し、日数を数えられなくなった。彼が覚えていたのはただ一つ、一日中繰り返した南の巻物の一部だけだった。

「命に至る門は狭く、道は険しい、それを見つける者は少ない」

ある日、太陽が昇り、贈り物が届いた。

「なんだと?」男はカイにかがみ込み、軽く肩に触れた。

カイは錯乱し、その質問に答えることができなかった。彼は一つのフレーズを繰り返した。「見つける者は少ない。でも私は見つけた。ありがとう、耶蘇(イエス)様」

「何を見つけたって?」と男は聞いた。

カイは聞くことも答えることもせず、ただ「見つける者は少ない」と繰り返した。

◇待っているウェイター

上海への帰路は、ほとんど静かだった。セバスチャンは何を話せばいいのかわからなかったし、マリアが別のことを考えているのもわかった。彼女は、家に緊急事態が起きたとは言ったが、それ以外の詳細は話さなかった。セバスチャンは、彼女が、楽しかった前の晩のことを覚えているのだろうかと思わずにはいられなかった。

セバスチャンは、上海で列車を降りると、マリアのためにタクシーを呼んだ。そして彼は、彼女が支払うのを拒み、運転手にマリアをアパートまで送るのに十分な現金を手渡した。彼女は彼の手を取り、頬にキスをした。

「わかってくれてありがとう」と彼女はささやいた。「昨夜は大切な夜になりました。私たち二人が出会えて本当によかった」

「家に帰ったらショートメッセージで知らせてね。無事に帰ったかがわかるから」と彼女に言った。

マリアはタクシーに乗り込み、アパートに向かった。

約八時間、途切れることなく眠り続けたマリアは、翌日、気持ちよく目覚めた。その日は、上海を探検する予定だ。フランクフルトを発つ飛行機に乗って以来、夢で目覚めることなく眠れたのは初めてのことだった。

それから数日間は上海を観光した。夢で気が散ったり、睡眠不足になったり、混乱したりすることもなく、マリアは上海での生活を楽しんだ。セバスチャンに会うために一度だけカフェを訪れた。

セバスチャンに十分な説明をしないまま、別れることになったからだ。セバスチャンに説明しようとしても、自分でもよくわからない。セバスチャンとうまくいかないことはわかっていた。混乱した心の状態を彼に打ち明けることはできなかった。しかし、セバスチャンには、彼ではなく私に原因があることを知る権利があることもわかっていた。彼のせいだと思われたくはなかった。彼女は彼に「私が経験している混乱は、微妙ではあるけど、少しマシになっている」と語った。

七日間、彼女はぐっすり眠れた。

新しい街を探検するのは楽しかった。マリアはエネルギッシュで、新しい冒険や問題を解決する準備ができていたが、彼女は疲れて、退屈し始めていた。新しい街はしばらくは楽しいが、街を探索する目的、ダイナミズム、変化をもたらす成果はどこにあるのだろう？「どこにもない」というのが答えだった。彼女はドイツにいた時のように、また元気がなくなってきた。中国の壁はドイツの壁と同じように絶望的で、憂鬱で、情熱がなくなってきた。

その夜、マリアは再び、どうしようもなく平凡で無気力な人生からの脱出を求めて眠りについた。夢の中で、マリアは森の奥深くに迷い込んだ。誰の姿も見えないが、マリアは誰かに追われているような気がした。彼女は何時間も走っていた。どんなに遠くへ行こうが、どんなに速く走ろうが、マリアは追いかけてくる誰かから逃げることはできなかった。

彼女は木の横にしゃがみこみ、隠れようとした。追っ手の方向がわからず、木のどちら側に隠れるのがベストなのか判断できなかった。木の周りを三周した後、彼女はまた逃げなければならないことに気づいた。木から離れると、フーが現れた。

「そこには、道（タオ）がある、君の知らない道がある」。彼はささやいた。「私がその道を教えてあげよう。もし家に帰る時に私を呼んでいたら、こんな優柔不断な状態にはなっていなかったかもしれない」

フーはマリアが行こうとしていた反対方向に数歩歩いた。「さあ」と彼は続けた。「今がその時だ。今日がその日だ」


マリアは目を開け、ベッドの端に座った。夢が戻ってきたのだ。眠りにつく前、彼女はモノクロームの牢獄から抜け出す方法を求めた。意味と情熱から生まれる活気が欲しかった。そしてもう一度、彼女は答えを受け取った。

彼女は以前の日記を読み返し、共通項があることに気づいた。平和は手に入った。しかし現実には、彼女は恐れを抱き、優柔不断だった。人生からより多くのものを求めていたが、恐れていた。彼女は答えを求め、部分的な解決策を得た。しかし、そのたびに恐怖に目覚め、逃げ出したくなった。

年配の男性が登場する自分の日記を読み返した後、マリアはそれらを最近の夢と比較した。フーは彼女が行くべき場所を正確に知っているようだった。マリアはリビングルームに行き、リックサックの中にしまったフーの電話番号が書かれた名刺を探した。彼女は携帯電話を手に取り、バルコニーの椅子に向かった。午後の騒音はいつもより静かだった。彼女は番号を入力したが、ためらった。もしも、と彼女は思った。もし彼が私のことをおかしな女と思っていたら？　彼女は大声で、「私は狂っていないし、恐れてもいない」と叫んだ。

彼女は緑色の発信ボタンを押した。

「もしもし」三回目の呼び出し音の後、声がした。

「もしもし、フーさんですか?」

「はい、そうです。どなたですか?」彼は答えた。

「マリアです。先週、キャンプ場でお茶を二つ注文し、あなたに持ってきていただいた者です。帰る前に女性があなたの携帯番号を書いた名刺を渡してくれました」

「もちろん覚えています。電話をいただけることを待っていました。お会いした時に失礼なことをしたことをお詫びします」とフーは答えた。

「いえ、いいんです。謝るのは私のほうです。私たちは初対面だったんですから」

「あなたは何かを探していますか? マリアさん。もし、あなたが何かを探しているのであれば、私はあなたがそれを見つける場所を知っているかもしれません」

マリアは、ドイツでの退屈な生活から抜け出し、世界を探検することで情熱を見出す必要があったことを説明した。彼女は自分が何を見つけようとしているのかわからなかったが、人生にもっと多くのものがあることを願っていた。

「あなたは夢で私を知っていると言っていたが、それを少し詳しく話してくれますか?」

マリアは上海行きの飛行機の中で見た悪夢からのことをすべて話した。彼女はフーに、森の中の小屋のことや、その中や外の様子も説明した。次にマリアは、彼女が探しているはずの知恵と変革、そして、お茶のカップが魔法のように知恵と変革を象徴するペンダントに変わったことを話した。

「これらのことは何か意味があるのでしょうか?」とマリアは尋ねた。

フーは咳払いをした。

「そうかもしれません。でもその前に、あなたは私の答えを受け入れる準備ができていないかもしれない。それらの夢はあなたを動揺させたようですね、マリア。私は、『恐怖は万華鏡と一緒にやってくる』という例話をよく使います」

マリアは黙っていた。

フーは続けた。「説明しましょう。物事がうまくいっているときはいいのですが、倦怠感に悩まされると人はどうするか。解決策を求めて、私たちは万華鏡をのぞいた時に見られる華やかな絵のような情熱を求める。しかし、万華鏡の絵(情熱)は幻影であり、部分的な答えしかもたらさない。それに気づいた時、恐怖が訪れる」

フーはしばらく沈黙した。マリアはその沈黙を埋めようとしなかったが、彼女の心は「彼は正しい」と考えていた! これは私が経験してきたこと。倦怠感、もっとという欲求、そしてやってくる万華鏡の恐怖!

「本当にそれ以上を求めているんですか?」フーは尋ねた。

マリアは動揺した。彼女は、よく知らない男性のその質問に答えるべきかどうか確信が持てなかった。もし彼がカルトの者だとしたら? もし……。

マリアは答えを知っていた。彼女はもっと知りたかった。彼女はまだ何を見つけるか恐れていたが、もっと知りたいことはわかっていた。沈黙が長くなるにつれて、彼女は電話越しに安らぎを感じた。フーは信頼に足る人物だと、彼女の胸に確信が芽生えた。

彼女はついに「はい」と言った。

◆おもちゃのボートでのレスキュー

ハウは橋の支柱となっている鉄塔に近づいた時、それが崩れ始めるのを見た。すべてがゆっくりと動いているように感じた。彼は自分が危険な状況に陥っていることはわかっていたが、自分のスピードを考えれば、橋の最後まで走り抜けられるかもしれないと思った。

鉄塔を通り過ぎたが、その直後、橋は暴れ馬の下で崩れ落ちた。もし橋が平らに落ちていたら、ハウはあと六メートルを走れたかもしれない。しかし、橋はボロボロと崩れ落ち、下流へと傾いた。ハウと馬は横倒しになり、泡立つ水に落ちって行った。落ちながら、ハウは「神様、もっとあなたが知りたいです。どうかわたしを救ってください」と叫んだ。

ハウは手綱を放して鞍から滑り落ちた。彼は水面に上がったが、水は激しく流れ、水しぶきを上げていた。息をしようとしたが、空気と水が混ざって呼吸が難しかった。肩と胸が岩にぶつかり、残っていた息が抜けて、さらに急流の真ん中に跳ね返された。慌てて呼吸を整え、なんとか空気だけを吸い込んだ。もう一度息を吸い込むと、下流をめがけて足を前に出した、頭よりも足で岩にぶつかったほうがいいという理屈だ。彼はしばらくの間、流れに翻弄されながら、あらゆる岩を避けながら下流へと流され、急流がもうすぐ終わると知ったとき、喜びが溢れた。

そして最後の急流に向けて、足を前に出して完璧なポジションをとっていたが、最後の三メートルの落差には気づかなかった。それはまるで急流の最後のあがきのようだった。突然、底が抜けて三メートルの落差へと引き込まれ、左足を岩にぶつけた。圧力で骨が砕ける音がした。そして体が右に回転し、右肩を別の岩にぶつけた。折れた脚の周りの筋肉の収縮がすぐに脚を短くし、骨片はあるべきでない場所に押し込まれた。ハウはこのような痛みを経験したことがなかった。彼は意識を失った。川の流れはまだ速く、下流へと押し流された。しかし水面は穏やかで、彼は仰向けに浮かび、まだ息をしていた。

人類は水と陸の両方で生活できるようには設計されておらず、人間にとって自然浮揚はうつ伏せなのである。ハウは無意識のうちに左に傾き始め、口が水没した瞬間に目が覚めたが、水を肺に吸い込み、気が動転した。窒息状態で、咳き込みながら仰向けになろうとした。咳を含め、すべての動作が耐え難い痛みを引き起こしていた。

しかし、生きていてよかった。ようやく呼吸ができるようになり、片方の腕を使って流れの速い場所でも体を安定させた。川から上がることに集中できるほど落ち着きを取り戻したハウは、左腕を使い、岸に向かってゆっくりと進んだ。

ずっと先に、水面から突き出た大きな岩が見えた。岸からそう遠くないので、その方向に進みやすいほうの足で岩を蹴れば、岸に向かって体を押し出すことができると判断した。折れた足をぶつければ、また気を失い、今度は助からないかもしれないからだ。しかし、岸に向かう流れはほとんどなく、動かない腕は岸と反対側だ。岸に体を押し込んで、うまくいけば良いほうの腕で何かをつかめるほど体を浮かせなければならなかった。岩に近づきながら、彼はこう祈った。「神様、私はあなたの友ではありませんでした。でも、もしあなたが実在するのなら、今私はあなたを必要としています。もし今、あなたが私を助けてくださるなら、私はあなたのことをもっと知り、学び、あなたが望むような男になると約束します」

岩にぶつかる前、彼の左足が水面下の別の岩をかすめた。彼は苦悶の叫びを上げた。しかし、それはちょうどいい動きだった。回転しながらハウの右足は岩にぶつかり、正面に着地した。ハウは力いっぱい突進し、川岸に体を投げ出した。彼は痛みに泣き叫びながらひっくり返った。足が流され始めると、彼は必死に砂と草の根をつかんだ。彼は良いほうの腕でしっかりとした根を見つけ、力いっぱい引っ張った。なんとか水から上がり、足を水中にぶら下げたまま、意識を失った。

その日の午後、ある鍛冶屋の息子が、干した竹で作ったミニいかだを浮かべようと川に行った。彼は「死人」を見て叫び、父親と共にその男を川から引き上げた。

翌日、ハウは藁の寝台で目を覚ました。彼は鍛冶屋の納屋の屋根裏部屋にいた。一家が客を受け入れるにはそこしかなかった。それに、鍛冶屋のかまどの上にあるため暖かかった。

長女が主にハウの世話をしていたが、鍛冶屋とその妻もハウを助け励ましに来た。ハウは励ましを必要としていた。彼はもう歩けないのではないかと心配したが、日が経つにつれて、少しづつ歩けるようになった。

仰向けに横たわり、起き上がることもできず、ただ時間をつぶすために考え事をしていた彼は、カイが自分は死んだと思いこみ、諦めたのだと思った。カイが自分を見つけるために犠牲になったとは知らずに。その時、カイは細い土の道にひとり横たわり、死に向かって滑り落ちていた。

取り残されたような寂しさだ。父親が殺されたとき、ハウは同じ気持ちを感じた。その数年後、基督教の宣教師との個人的な会話の中で、ハウは父親を失った感情を打ち明けた。宣教師は、父親が確かに基督教徒であったことを確認したうえで、次のように言った。「しかし、父なる神は、私たち一人ひとりを追い求めておられます。人生の最も深く、そして暗いときでも共にいてくださる方です。私たちが後退すればするほど、つまずけばつまずくほど、倒れれば倒れるほど、その救いは奇跡的になるのです。ハウ、神様はあなたとともにいて、いつかあなたを救ってくださいます。神様はあなたのために計画を立てておられるのです」

ハウは静かに祈った。「カイの助けが必要ではなかったのかもしれません。私は、ただ、あなたが必要なのかもしれません。神様、どうか私を助けてください」

ある日、ハウは鍛冶屋に、倒れるまでの出来事を打ち明けた。誰かに告白するのはいい気分だった。彼はカイを傷つけ強奪するために雇われたこと、茶室の巻物を含むカイの任務、襲撃の最中の自分の突然の心変わり、上海を飛び出したこと、茶畑を探し求めたこと、道に迷ったこと、そして古いガタガタの橋を渡るという運命的な出来事について話した。

鍛冶屋は約十六キロ離れた茶畑のことを知っていた。鍛冶屋は橋のことはよく知らなかったが、急流の場所を知っていたため、それが数キロ上流にあることは知っていた。手に負えないほどの急流は誰もが知っていた。川を旅する者は急流を迂回しなければならなかった。ハウは、その急流を押し流されてきただけでなく、砕けた足と脱臼した肩で長い間仰向けに浮いていた。彼が生きていて川岸に上陸できたのは奇跡だった。

最初の二週間はよく眠った。しかし、鉄を研いだり削ったりする音や、作業の打ち合わせにやってくる客によって、彼はしばしば目を覚ました。

ある日、彼は一人の男が鍛冶屋と新しい剣について話しているのを耳にした。二人は顔見知りで、その男は以前、簡単な鍛冶の仕事しか頼まなかったが、今回は遺産が入ったので儀式用の剣が欲しいと言っていた。

「それは良かったですね。お金を残してくれたのは親戚ですか？」

「ええ、そして叔父がこの美しい馬を残してくれたんです」

鍛冶屋は入り口に向かって数歩歩いた。「そうですね、これは美しい毛並みとたてがみだ！　上は白、下は薄茶の二色になったたてがみは初めて見ましたよ」

ハウの心臓は飛び跳ねた。彼は両手をついて窓の外を見た。下にはカイの馬がいたのだ。ハウは鍛冶屋と話をするためにその男が帰るのを待った。

「私が救って一緒に旅をした男がいたと話したのを覚えているでしょう？　今日、外にいた馬は彼の馬だった！　今日来た男のことをどれくらい知っているですか？　誠実な人ですか？」

「よく知ってるよ。私たちは二人とも、ずっとこの村に住んでいるよ。だけど、彼は正直者ではない。酒飲みで、仕事も信頼できないし、成人になってから人生の大半をかろうじて食いつないできた。村人たちは、彼がお金にだらしない時、よく彼の家族を養ってきた」

ハウと鍛冶屋はカイのものを取り戻す計画を立てた。翌日、鍛冶屋は友人の男を「遺産の祝い」として酒に誘った。少し酔った時、鍛冶屋はその男に彼の馬が盗まれた馬であることを知っていると言った。その証拠として、その馬が五つの特別な巻物を運んでいたことを告げたのだ。

「これらの物を私の友人に戻すのか、それとも、私がこのことを村人に話すか。馬泥棒は重罪だ。

絞首刑を受けるのか、それとも全部を持ち主に返すか。どちらを選ぶ?」

それは、難しい選択ではなかった。泥棒はカイの持ち物を返すことを選んだ。

カイの持ち物を取り戻したことで、ハウは肉体的にも精神的にも良い方向に進んだ。カイが自分を見つけることをあきらめていなかったのだろうと思うと、ハウにとって慰めになった。カイも同じように倒れていた。彼はカイがどこにいても無事であることを願った。取り戻したお金で、ハウは鍛冶屋が信頼している地元の男を雇い、川の上流に行ってカイを探させた。彼はその男に、崩れた橋を見つけてから茶畑に行くように指示した。そして、もしカイを見つけたら、ハウが生きていて、できるだけ早く、茶畑で巻物を持ってカイと合流することを伝えるようにと言った!

◇万華鏡と向き合う

マリアが到着した時、フーは寧徳の駅にいた。セバスチャンとの最初の訪問とは異なり、マリアはこの旅に多くのものを、大きなスーツケースとリュックサックに詰め込んで持ってきた。フーとの最初の電話から四十八時間。マリアはキャンプ場にいつまで滞在するかは、特に考えずにいようと決めていた。最長で二週間は滞在するつもりでいた。

フーはマリアに低く頭を下げて挨拶をした。

上機嫌のマリアはお辞儀をしたが、すぐにハグを求め、フーは祖父のように温かく彼女を抱きしめて迎え入れた。マリアは突然、自分の元の居場所に戻ってきたように感じた。それは長いハグだったが、フーはマリアにハグの時間を決めさせた。ようやく手を離すと、フーはマリアがさっと頬の涙をぬぐったのを見た。

「大丈夫?」

「はい、大丈夫です」とマリアは彼に言った。

「でも、涙が?」

「わからないわ。この二日間、私の知っている人生が変わろうとしているような気がしていました。何か重要なことを発見するような気がして」とマリアは答えた。

「恐ろしさを感じますか?」フーは二人が彼のトラックに向かっているときに尋ねた。

「ええ」とマリアは言った。「緊張するっていうのかな。人生がどう変わっていくのか不安です。電話で何度か話したり、日記を読み返してみると、ダイナミックな夏の始まりになりそうな気がします。でも、万華鏡を見る準備はできていると思います」

フーの顔に満面の笑みが浮かんだ。彼はマリアを見ずにまっすぐ前を向いていたが、笑顔は隠されていなかった。フーは何十年もの間、多くの生徒を教えてきたが、マリアの場合は違った。自分自身や農園について、これほど具体的な夢を見た人の話は聞いたことがなかった。マリアのペンダント、茶室、そして「知恵と変革」という具体的な言葉の詳細から、フーはマリアの使命には何か特別なものがあると信じていた。いつ、どのようにしてかはわからなかったが、神はマリアを何か特別なことに使ってくださるとフーは確信していた。彼女に必要なのは、正しい方向を指し示すメンターだった。

「この街を出る前に、何か買うものはありますか?」フーは窓の外を指差しながら言った。

「街に戻るまでの数日分の食料品とスナックかな」マリアは彼に言った。

「その必要はないでしょう」と彼は答えた。「あなたを、私たちのゲストとして食事にお招きします。おやつなどは、キャンプ場の売店でお好きなものが見つかると思います。アメリカ人、ヨーロッパ人、地元の観光客向けの品揃えができています。新鮮な果物や野菜もありますよ」とフーは約束した。

「前回来た時は、キャンプ場にあるものすべてを見るには十分な滞在時間ではなかったようですね」

農園に着くと、フーはマリアに農園とキャンプ場を車で案内した。彼女は、四〇ヘクタール以上の茶畑があり、茶葉の摘み取り、加工、包装、出荷までが行われているとは知らなかった。

そしてフーは、キャンプ場から見えない小さな家の私道に車を停めた。「ここが僕の家です。近くに特別なキャビンがあるので、そこに泊まってもらいます。ここからはゴルフカートに乗って行きましょう」

フーはゴルフカートを人里離れた小さな小屋まで走らせた。

「キャビンにはトイレがありますが、シャワーはキャンプ場のものを使ってください。往復のためにこのゴルフカートを置いていきます」

キャビンの周りには小さな空き地があり、その先は森に囲まれていた。玄関ポーチには二人用のブランコがあった。奥には焚き火台があり、焚き火台の周りには三本の丸太が椅子として置かれていた。裏口のすぐ外には大きなピクニック・テーブルがあった。キャビン内には、洗面台と流し台のある小さなバスルームがあった。コテージにはベッドルームとリビングルームがあり、壁に沿ってオープンキッチンがあった。

「素晴らしいわ」。マリアは叫びながら、フーは彼女の後について小屋の中に入った。確かに、上海のアパートほど広くはなかった。しかしマリアは、なだらかな丘と森に囲まれた閑静な場所が気に入った。

フーは彼女に言った。「私たちの学びが始まれば、夏の間はずっとここにいていいですよ。山小屋には電気は通っているが、お湯は出ない。だからキャンプ場のパビリオンでシャワーを浴びる必要があります。水は深い井戸から出ていて、きれいで飲める水です」

「素晴らしいわ、フーさん、本当にありがとう」とマリアは答えた。

マリアは荷物をベッドに置いた。

「もう一か所、見せたいところがあります。ここから歩きましょう」とフー言った。

フーはマリアを裏口から森の小道へと案内した。小道を半マイルほど行くと、また空き地があった。

マリアは立ち止まり、ここが夢に出てきた小さな一部屋だけの小屋だと気づいた。

「フーさん、これが夢に出てきた小屋です!」とマリアは叫んだ。

「ここが茶室です」とフーは言った。「もともとは私の先祖であるカイが建てたものです。もちろん、茶室は何回か建て替えられましたし、場所も変わりました。元の場所は、あなたが以前ここに来た夜に泊まったキャンプ場とほぼ同じ場所でした。しかし農園が成長し、キャンプ場が開発されるにつれ、カイが築いた伝統を継承するために、茶室はプライベートな場所に移動したのです。そのため、ここはオリジナルの茶室でもなければ、オリジナルの場所でもないのですが、この茶室はカイが最初に建てたのとまったく同じデザインになっています。この茶室は、カイが茶室の巻物を使って、人生における最も本質的な五つの質問に対する聖書の答えを教え始めた場所なのです」

マリアは入り口のドアをくぐるのに、低く頭を下げなければならなかった。五つの掛け軸、薪ストーブ、伝統的な四畳半の畳、座布団に囲まれた小さな円卓は、マリアが夢見たものだった。

「もし夢の中の小屋の様子を絵に描いていたら、こんな感じだったでしょうね」とマリアは言った。

フーの顔にまた満面の笑みが広がった。

「だから、あなたが戻ってきてくれたことがとても重要でした。あなたが夢について詳しく話してくれたことで、茶室の夢を見たのだと確信しました。なぜその夢を見たのかはわからないが、神様はあなたがここに来ることを計画していたに違いないと思います」とフーは言った。

フーはマリアの表情を見ながら数秒間様子を見た。『神』という言葉に彼女がどう反応するかと思ったのだ。

マリアはしばらく黙っていた。彼女は『神』についての確信がなく、その話題を避けることにして話題を変えた。

「ペンダントに何か特別な意味はあるのですか?」あなたの店で買って、身につけています。夢の中で、あなたはそれが『知恵と変革』を表していると言ったわ。でも、それってどういう意味ですか?」

フーはドアを出て、笑いながら答えた。

「それは、後でわかることです」と彼は約束した。「毎日一レッスンずつ、ゆっくりやっていきましょう。残りの時間はリラックスして、この平和な環境を楽しんでください。では、明日の朝早く、茶室で知恵をつけましょう」

一緒にマリアの小屋に戻り、毎朝七時半に茶室で会う約束をした。マリアは毎日少なくとも数時間はそこにいることになると言われた。フーはその日の夕方、彼女を家に招いて夕食を共にした。毎日昼食と夕食を共にすることになった。

夕方、マリアはフーの家に夕食を食べに行った。そこには、フーがマリアを駅まで迎えに行ったトラックと、他に二台の車があった。フーは、妻や他の家族のことは、何もマリアに話していなかったので、彼女は他に誰がこの家にいるのか気になった。マリアは玄関ポーチまで行き、ドアをノックした。この間、お茶の注文を取り、フーの電話番号を書いた名刺を渡してくれた女性がドアに出た。「どうぞお入りください、マリア」。彼女はマリアを迎え入れた。「私はメリッサ、フーの妻です」「ああ、こんにちは、メリッサ」。マリアは微笑んで答えた。「少しお会いしたことがありますね。確か、あなたが私にフーの名刺をくださって、彼に電話するようにと」

メリッサはヨーロッパ人で、フーより数歳若く見えた。肩で切りそろえた茶色のストレートショートヘアで、身長は一七〇センチほど。彼女の笑顔はまぎれもなく優しかった。

「そうです。フーとマーティンはテーブルにいます。こちらへどうぞ」

フーと若い男がテーブルに座っていた。キャンプ場の店で彼を見た覚えがあった。マリアが部屋に入ると、二人ともテーブルの後ろで立ち上がった。

「こんばんは。妻のメリッサと息子のマーティンです。キャンプ場や農園でよく見かけると思います」とフーが二人を紹介した。

「こんにちは」とマリアは答えた。「夕食に招待してくださり、ありがとうございます」

マリアはテーブルを挟んでマーティンの向かいに座り、両端にはフーとメリッサが座った。食事中、お互いを知るための世間話をした。

マーティンは、マリアが店で初めて会ったときよりもずっと魅力的だった。母親譲りの白い肌のほかは、あらゆる点で父親に似ていた。

マーティンは礼儀正しかった。彼は教養があり、会話に積極的に参加し、とても知的だった。彼は親しみやすい性格で、マリアを安心させた。食事中、二人は何度も目を合わせた。そのたびにマリアの心は揺れた。

ある時、マーティンは彼女に直接尋ねた。「マリア、これまでの信仰の旅について教えてください」

マリアは自分の皿に目を落とした。「うーん……、今までと言われても。私は信仰の旅をしてこなかった。ああ、私が良い人であると信じているの？」

彼女はマーティンを見上げて微笑んだ。

彼は微笑み返した。「それは素晴らしい出発点だよ、マリア」

彼の陽気な返事に、彼女はいい答えをしたような気がした。しかし、心の奥では、彼女の旅は、それが何を意味するものであれ、まだ始まったばかりなのではないかと考えていた。

夕食後、マリアは明日のランチにまた来ることを約束し、別れを告げて外に出た。フーはドアから出て、ゴルフカートまで彼女を見送った。

「明日の朝七時半に茶室で会いましょう」

「楽しみにしています」とマリアは答えた。「何か持っていくものはありますか？」

「明日はありません」。フーが答えた。「明日の朝、いくつかプレゼントを持ってきます。これからはそれを持ってきてください」

マリアはゴルフカートに乗る前に、フーに向き直った。

「あなたに感謝をしています。もし私たちの役割が逆だったら、どう答えたかわからないわ。あなたとあなたの家族は、忍耐と優しさで私を歓迎してくれた。ありがとう」とマリアは言った。

フーの顔に笑みがこぼれた。彼は髭を撫でながら、「すべてのことには理由がある」と静かに言った。「神様は間違いを犯さないし、すべてのことには目的がある。朝になったら始めましょう。祝福を」「おやすみなさい」。マリアは新しくできた友人にそう答えた。

彼女がゴルフカートで走り去るのをフーは見送った。


マリアはキャビンに入り、ラップトップに向かった。彼女は日記の新しいフォルダを作った。最初のフォルダにはマリアの夢に焦点を当てた日記で、次の日記は、農園で過ごした時間について書くことにした。

マリアは滞在していたキャビンとそれを囲む森について書いた。オリジナルの茶室を見たこと、フー一家と夕食を共にしたことも書いた。それに、マーティンをもっとよく知るために時間を持ちたいとも。彼女が注目したことの一つは、食事を始める前に彼がどのように祈ったかということだった。それは個人的で、感謝に満ちていて、励ましの祈りだった。

祈りやクリスチャンの信仰は、マリアの人生にはなかった。彼女の家族は毎年、イースター（復活祭）とクリスマスには教会に行ったが、それはいつも家族の社交の場だった。マリアは聖書の神を否定していたわけではないが、ただ、神についてあまり知らなかった。

マリアは、ほとんどの子どもたちが子どもの頃に習う聖書の物語をいくつか知っていた。例えば、宿屋にマリアとヨセフの部屋がなかったため、イエスが飼い葉桶で生まれたことや、イエスが十字架につけられて殺されたことも、そしてイエスが生涯を通して奇跡を起こしたことも知っていた。彼女はまた、クリスチャンがイエスは死からよみがえったと信じていること、そして誰が天国と地獄に行くかを裁くのはイエスであることも知っていた。

マリアは自分が善人であると確信していた。もちろん、両親と離れて大学に入った最初の数か月は、いろいろな失敗もあった。しかし、マリアは他の生徒たちがやらないようなことはしていなかった。盗みをしたり、誰かを傷つけたりすることもなかった。天国と地獄が実在するのなら、彼女は天国に行けるほどいい子なのだ。もし人を創造した愛に満ちた神がいるならば、神はきっと、与えられた人生を楽しんでほしいと願うほど、人を愛しているはずだ。自分がこれまで生きてきた人生は神にとっても、いいものだとマリアは思っていた。

シャワーを浴びてパジャマに着替えると、マリアは居心地のいいクイーンサイズのベッドに入った。驚いたことに、キャビンのベッドは上海のベッドよりずっと快適だった。まるで彼女のために作られた真新しいマットレスの上に横たわっているかのようだった。

マリアは横になって数分で眠りについた。

◆完璧に釣り合った

カイは助けられてから初めて寝台に座った。体力の回復は目覚ましかった。健康的な食事ときれいな水が彼の体を癒していた。そしてお茶は美味しく独特な味だった。

カイはとても生き生きしていた。彼はちょうど、川岸で彼を助けた男をハウが送ったことを知ったところだった。ハウが彼の命を救ったのは二度目だった。カイはハウに感謝していた。しかしそれ以上に、二人を結びつけた神に感謝していた。カイは、神が二人の人生を神の目的のために結びつけたのだと確信していた。神はご自身に大きな栄光をもたらすために何かを始められたに違いないとカイは考えていた。そして、カイは、自分自身の目で神の御業を目撃するために神が自分を選んだことを知ることで、慰め、希望、謙虚さを見出した。ハレルヤ！

寧徳の西側は壮大な山岳地帯ではなかった。しかし、そこには壮大な丘があった。その丘のいくつかに農園が開発されていた。

カイが農園主のレイヤから聞いたところによると、その茶園は四世代にわたって彼女の家族のものだった。十七世紀に女性が所有するのは珍しかったが、レイヤ（李亞）の家族は、伝統を壊してでも、農園に興味のある一人の子どもに任せることが最善だと考えた。もう一つの選択肢は、彼らが愛した女性、つまり猛烈に独立心が強い娘の精神を打ち砕くことになるのだった。

レイヤは農園が大好きだった。彼女はそこで育ち、あらゆる仕事をこなし、自ら薪火乾燥法を完成させた。レイヤの聡明さ、献身、そして人柄が、この地域で人気のある茶を作り上げたのだ。そのため、レイヤの卓越した能力と情熱が農園を成功させた一方で、その気質が両親の勧めた結婚話をことごとく拒否させた。彼女はただ、「不要」と言い、話し合いさえも許さなかった。彼女は結婚に興味がなかった。レイヤの経験では、これまで出会った男性で、彼女を結婚前のままの女性でいさせてくれる人はいなかった。もちろん、彼女を、購入した所有物とするような男は相手にしなかった。

難民に二度目の機会を与えるという農園の文化は、レイヤの考えではなかった。彼女の祖父がこの伝統を始めたのは、安価な労働力が必要であり、また困っている人々を助けたかったからだ。祖父は若い頃、判断ミスを犯して故郷を追われ、しばらく放浪していたが、見知らぬ人に引き取られた。数十年後、家業の農園経営に戻った彼は、農園を避難場所にすると誓った。祖父の考えとはいえ、レイヤは二度目の機会を必要とする人々を助けるという概念を受け入れた。彼女は若くして農園を始め、多くの男女が農園に馴染み、成長するのを手助けしてきた。それは感情的なやりがいだけではなく、忠実な労働力を作り上げた。

だから、ある男が死にかけていて、尊敬されている船長を連れて農園に乗り込んできたとき、レイヤは個人的にその男の回復を見守ることに決めたのだ。

「今朝の気分はどうですか、カイ?」笑顔で部屋に入ってきたレイヤが、温かいお茶と朝食を運んできた。

カイは二日間農園にいたが、ほとんど寝ていた。そして、今朝、彼はハウに雇われた男に起こされた。彼は自分が誰なのか、誰に雇われたのか、そしてハウからの指示、つまり、ハウができるだけ早くこの農園に合流すると、カイに伝えた。

カイは、健康状態が回復し目覚めた時、友人と救助者に関するありがたい知らせ、そして今、彼に付き添っていた天使が驚くほど美しいことに気づいた。レイヤは小柄で威厳があり、強さと思いやりの両方を備えた女性だった。カイはレイヤの年齢を四十代前半、身長一六〇センチくらいだと推測した。彼女はスリムな体格で、三つ編みの長い黒髪で、力仕事に慣れた手つきをしていた。

レイヤはカイが自分に惹かれていることに気づくと、身振りで、カイには興味がないことを即座に明らかにした。身振りは複雑だが、カイはそれを感じ取った。カイは彼女の意思を理解し、彼女が追いかけられていると感じるようなことをしないように努めた。カイも恋愛に興味はなく、ただ生きていることが幸せで、もう一つ感謝すべきことに気づいていた。もう気づかれることはない、とカイは思った。

カイが言った。「あなたが私にしてくれたことすべてにとても感謝しています。とても気分がいいです。それに、今朝助けてくれた人がハウのことを教えてくれました」

「そうですね」。レイヤは微笑みながら言った。「私もうれしいわ」。そう言うと、彼女は少し身を

「今までで一番いい気分です」

レイヤは笑った。「何か大げさな気がするけど、元気になってくれて嬉しいわ」

カイは彼女を見上げて微笑んだ。そして彼は初めて、彼女の際立つ美しさに気づいた。

予想外だった。

乗り出し、彼の腕に触れた。カイは、さっきの「私は興味がない」という表情からすると、これは

「お二人とも、九死に一生を得るような命拾いをしましたね！　ハウが川に落ちた後、何が起きたのか教えてくださる？」と彼女は続けた。

カイは、ハウを探している時に足首を骨折し、馬と食料を盗まれたが、見つかるという希望だけを抱いて待つことを余儀なくされた経験を話した。

彼は精神的にダメージを受けたように、足を捻って足首を痛め、その状態が思わしくないことに気づいた。動かすと痛いし、包帯が巻かれている。

レイヤは、「ああ、それで足首が腫れているんですね。薬草と軟膏を塗って、きつく巻いておいたわ」

彼女は、いたずらっぽく笑ってこう付け加えた。「言っておくけど、みんなはここで働いているんです。でも、あなたは数日間パスできますよ」

レイヤは温かく微笑み、カイをからかっているのだと伝えた。

「どうして農園に来ようとしたんですか？　そして、何からのがれようとしているんですか、カイ？」

カイは、北日本にある実家の土地に持ち帰るために、若い茶樹を買いたいと説明した。

「ここ清と同じように、日本でもお茶は重要な役割を果たしています。日本の茶道は、商取引や文化的な行事、その他のつながりを祝うのに最も重要なのです。さらに私の兄は、慶事用の最高のお茶を作るために、栽培から製茶までの全工程を確立したいと考えています。もちろん、利益を生

み出したいとも願っています。そうすれば、私たちが他の優先事項に集中するための収入を温泉に供給することができます。茶苗を売ってくれませんか？」

レイヤは考えをまとめるために目をそらした。

彼女は彼に向き合って、「おそらく、あなたの栽培条件をもっと知る必要があります。でも、仮に栽培条件が一致したとしても、正直なところ、私は多くの料金を請求する必要がありますね」と言った。

彼女は立ち止まり、窓に視線を向けた。茶樹の列が早朝の霧の中に消えていった。「栽培条件やお金よりも、もっと大きな決断です。茶樹は果樹のように誰でも簡単に栽培できるものではありません。お茶は土地の一部であり、大気の一部であり、文化の一部なのです。茶樹の品種は土地の土壌に合っていなければならず、土地の土壌は栽培者の特性に合っていなければなりません。それが素晴らしいお茶を生み出すのです。つまり、これらの茶樹はここのものなのです」

レイヤはカイを見つめた。彼は寂しそうな顔をしていた。レイヤは彼に茶樹は売らないと言っているようだった。

「でも」と彼女は微笑んだ。「あなたのその表情と、ここに来るまで大変な苦労をしてきたという事実があるので、そうね、少し茶樹を売ってあげます」

カイの顔が明るくなった。「ありがとう、レイヤ。必ず大切に育てます。織田温泉の伝統の一部となるでしょう」

「レイヤ、もう一つ話しておく必要なことがあります。私がここにいることで、あなたや農園が危険にさらされる可能性があることをお知らせしておかなければならないと思うのですが……」

レイヤは彼の言葉を遮って、「ええ、わかっています。何十回も聞ききました。でもどういうわけか、一度も起きたことがない。殺人者、阿片中毒者、秘密結社の元構成員、さまざまな隠密、他にもたくさんいました。しかし、ここは特別なのです。あなたもご存知のように、ここへの道順さえ見つけるのが難しいのです。道（タオ）はいつも、私たちに好意的であるようです。私たちは正しいことをしており、その報いを受けているのです」

「信じます、レイヤ。でも、私たちを追っている男は、私が清を脅かす何かを持っていると確信していて、私を止めようと決意しています」

レイヤは好奇心で小首を傾げた。カイは彼女の首の柔らかな曲線に目をやらずにはいられなかった。それは、繊細で、甘く、完璧な造詣だった。

彼は頭を振って思考を止めた。もう気にしないようにしようと思った。

「日本からの航海中、この男は私が基督教徒であることを知ったのです。それ以上に、私には東洋の人々が聖書を学ぶのを助けるために、兄が開発した絵巻があることとも。道教、仏教、神道、孔子思想といった東洋の視点から耶蘇（イエス）の教えを理解する方法です。私たちは彼の最初の攻撃から逃れることができました。しかし、彼は私たちを追うことを諦めてはいないでしょう」

カイは心配そうにレイヤからの返事を待った。彼女の姿勢や表情に変化はなかった。時間が経つにつれ、カイの心拍数は上がっていった。彼女はカイの力になってくれるのか、大きな障害になるのか、最悪の場合、彼を殺すかもしれなかった。

彼女からの反応はなかったが、カイは心を込めて続けた。「兄が神の御子耶蘇(イエス)様との個人的な関係を作ることの素晴らしさを教えてくれてから、私の人生は新しい意味を持つようになった。私には今、目的があるのです。長い年月を経て、初めて私の人生には意味があると感じているのです。神様は私の人生に計画をもって私を創造されたのです。あなたも同じように計画をもって造られました。利己的な欲望を追い求めて生きてきた私は、やっと自分が創造された計画にかなった旅に出たのです」

カイは黙ってレイヤが何か言うのを待っていた。

レイヤは下を向いた。そして右を見て、左を見た。

「私は農園での受け入れを奨励しています。ここにいるほとんどの人が間違いを犯し、新しい始まりを見つける場所を必要としているのです。この農園で、あなたの耶蘇(イエス)様に従っている人を一人知っています。もっといるかもしれません。彼らは教えてくれる人を求めているかもしれません」

レイヤはもう一度話を止めてから、こう続けた。

「もし私が何か力になれるとしたら……、あなたは彼らに会って教えることに興味はありますか?」と、レイヤは尋ねた。

「はい!」とカイは即答した。「これはまさに私が祈っていたことです。自分が学んだことを他の人たちと分かち合う機会があれば嬉しいし、教える喜びがあるのです。ハウが私の巻物を持ってくるのを待たなければなりません。それは私の兄が作った巻物の写しで、その巻物は、耶蘇(イエス)様からの重要な五つの原則を教え、その原則が私たちの日常生活にどのように適用されるかを教えているのです」

「あと、もう一つ」、レイヤは言いかけてやめた。「ああ、気にしないで」と彼女は言った。

「何?」カイが尋ねた。「何であれ、遠慮なく意見を言ってください」

カイは、レイヤが続けるのを待った。

彼女は珍しく弱々しい目でカイを見た。レイヤはこのような感情を表に出すことはあまりなかった。過去にレイヤが弱さを見せたのは、彼女はそれが「男の世界」に支配されることを受け入れてしまったように感じたときだった。

彼女は男性が嫌いだったわけではない。ただ対等でありたかった。彼女の価値感、考え、意見を真剣に受け止め、人間として扱われたかったのだ。

どんな人間にも弱さはあるが、男の世界で女が弱さを表現することは、彼女がただの女であることを証明することになる。彼女は性別によって見下されることを嫌った。

しかし、この瞬間、彼女は言いようのない安心感を覚えた。カイは奇妙なほど、他の男性とは違って見えた。彼は若い頃から船長だった。つまり、彼は典型的な男の中の男であり、男の世界における権力と支配を体現する立場であった。しかし今、彼は内陸におり、二度の臨死体験から回復したことによって、弱さの中にあることに居心地の悪さを感じることもなく、女性に偏見を持たないようだった。そして、彼は心を開いているように見えた。

さらに彼は、見ることも触れることもできないものへの信仰のために命を賭けることを厭わない。このような熱心さは、彼女にとっては異質なものだった。彼女はタオを信じていたが、それは彼女にとってそれほど重要なことではなかったし、彼のような幸福感を与えてくれるものでもなかった。彼女は、その点で基督教徒を奇妙に感じていた。レイヤは耶蘇(イエス)が自分には理解できない何かのために死んだことを知っていたが、同時に、基督教徒の中にも同じような特別な決意や心の平安を持っている人がいるように見えた。聖域の中での平安のように、彼らは自信を持って神様を愛していた。この時、レイヤは初めて、好奇心を刺激する何かを感じた。これは心の平安なのだろうか、満足感、それとも自信なのか？　それが何であれ、正しく、温かく、心地よいものに思えた。彼女にはわからなかったが、彼女が今感じている「それ」は、陰でも陽でもないということは確かだった。しかし、彼女のこれまでの経験では、あらゆるもの、あらゆる状況が一瞬にして陰か陽に分かれた。

子どもの頃、彼女はすべての生命は相反するものの組み合わせだと教えられてきた。生命の二律背反は彼女にとって明白なことであり、あらゆるものに存在していた。肉体的な不調さえも、生命と相反するものとの不均衡によるものだと考えた。陰が多すぎると、正しい状態に戻すためにヒシの実を食べる必要がある。陽が多すぎると……。

レイヤはよく陽が多すぎると言われた。彼女の文化によれば、それが結婚で男性に服従しない理由だと考えられた。彼女はしばらくの間、人々が彼女について言うことを信じていた。しかし、年を重ねるにつれて、彼女は違う種類の均衡を追求する必要があると感じた。彼女は他人を気遣うこと、きれいでいること、野草の中を散歩することが好きだった。彼女は人間関係を望み、結婚さえも望んでいたが、対等で補い合う相手としてともに歩み、一緒に他人の人生に変化をもたらし、「遺産」として語り継がれる何かを成し遂げる伴侶が必要だった。

彼女は、人生には均衡が必要だということには同意していた。つまり、彼女が育った文化、哲学、伝統は間違っていないと思ったし、彼女も彼らと同じものを見ていた。ただ、自分に必要な要素は、社会が正しいという要素とはおそらく違うと彼女は感じたのだ。

さらに、四十一年間の人生を通してこのことを考える時間を過ごすうちに、彼女は霊的に受け取ることのできる分野の均衡があるのではないかという結論にたどり着いた。彼女はそれを持っていなかったが、存在すると信じていた。彼女にはこの仮説の根拠がなく、それを説明したり、解説することはできなかった。

彼女の文化とは異なり、精神的な均衡は人が自分で手に入れられるものではないと信じていた。タオ哲学によれば、肉体的な均衡と精神的な均衡は価値ある追求であり、直ぐに手に入れられるものだった。彼女はこれに同意していたが、精神的な均衡は霊的に与えられるべきものであり、肉体や意識の均衡よりもはるかに重要であると確信していた。

今、カイと一緒に座っていると、彼女はこの「均衡を与えられること」に近づいていると感じた。それは、カイでも、陰でも、陽でも、ヒシの実でもない。それは、買うものでもなく、彼女が他の何かになる必要があるとか、家族や地域社会に恥をさらす前に不均衡を直せとかいうものでもなかった。それは肉体的なものでも、感情的なものでも、精神的なものでもない。それは、霊的なものので、陰と陽を超えたもの、対立するものよりも偉大なものだった。今、この瞬間、彼女は自分が知っていた「それ」の発見に近づいていると感じた。彼女は興奮し、傷つきやすくなっていた。そして彼女は、見知らぬ、しかも男性に自分の弱さをさらけ出していることを知っていた。

大人になってからずっと求めていたものに対して、自分の弱さ、好奇心、直感がぶつかり合い、レイヤの目は曇った。彼女はカイを見つめ、何か言ってもらわなければと思いながら、最初の涙が彼女の陶器のようなきれいな頬を伝って落ちた。思ったことをすべて口にすることはできなかった。レイヤはこの時にしか弱音を吐けなかった。ただ、この時にだけ。

カイは何かが彼女をかき乱していることを知っていた。そしてそれが自分ではないこともわかっていた。彼は兄と聖書からよく教えられていた。狭い門を見つける者はほとんどいないこと、そして自分は神の道具にすぎないことを知っていた。カイの仕事は、ただ言われたところに進んで行き、主である神に確認し続けることだった。ダビデはそれを「主に問うこと」と呼んでいた。

兄はカイに言った。「神様は命じ、カイは従う。わかったか？　耶蘇(イエス)様の戒めを保ち、それを守る人は、耶蘇(イエス)様を愛する人だと言われた。そして聖書は、神様はひとりとして滅びることを望んでおられないと教えている。『ひとりとして』とは『ひとりも』という意味だ、カイ。でも、それを見つける人はほとんどいない！　どうしてだろう？　おそらく、私たちは耶蘇(イエス)様に従うのが苦手で、大通りに行って、出会った者をみな宴会に招くのが苦手なだけなのだろう。また、私たちの文化を押し付けるのではなく、彼らの文化や背景の中で、彼らのいるところに手を差し伸べ、教えることが苦手なだけなのかもしれない。もしかしたら、私たちは神様の二つの大切な戒めや五つの偉大な教えを理解せず、それに従って生きていないのかもしれない」

この時、カイはレイヤに敬意を払い、正直で、適切な方法で臨む必要があるとわかっていた。レイヤは指示されるのではなく、導かれる必要があった。批判されるのではなく、愛されることを。彼女に必要なのは、ただ単純に探求するように誘うことだったのかもしれない。

彼は最後に言った、「みんなと一緒に学びませんか?」

彼女は「はい」とうなずき、それ以上何も言わずに部屋を出て行った。

カイはその日、彼女にもう一度会うことはなかった。

翌日、カイの寝台の上の窓から朝日が差し込んでいた。目をほとんど開けていないカイには、陽光の中で埃が陽気に舞っているのが見えた。あたかも「今日は生きているのに素晴らしい日だ。あなたは今日、歩くことになる!」と言わんばかりに。

その時、レイヤが元気良く薫衣草(ラベンダー)の香りと共に部屋に入ってきた。

その日レイヤはいつもと違う気分で目覚めた。昨日、彼女は、弱さを感じ、自分の中に生まれた変化を前向きに受け止めてはいたが、一方で怖さも感じながらカイのもとを去った。彼女はその感覚が嫌いだった。弱さは彼女の性格に合わなかった。今朝、彼女は農園主として、すべての新しい変化を承認しなければならない責任者に戻れたことを喜んでいた。彼女の農園では、彼女の慎重な評価に合わないことは起こらない。

しかし、彼女の明るい気分の理由はそれだけではなかった。今朝は他にも気分がいいことがあった。堅固な管理者に戻ったとはいえ、今朝は何か神秘的なことを知るためにわくわくしながら目覚めたのだ。レイヤにとって謎解きは遊び心であり、今朝のレイヤは遊び心にあふれていた。

彼女は黒の共布で作られた上着と洋袴を着ていた。上半身は胸と腰に密着し、下半身はふくらはぎの真ん中まであるゆったりとした形だった。彼女が素早く動き回れるように、実用的な作業着となっていた。レイヤは髪を伝統的な三つ編みにし、背中の真ん中に下げていた。彼女は女性らしく、効率的で、準備万端だった。

カイは彼女が稲妻のような速さで自分の部屋に入ってきて、寝台に近づくとゆっくりと椅子を引くのを見た。尊敬の念から、カイは彼女から目を離さないようにした。しかし「気づく」という境界線を踏み越えるつもりはなかった。彼女はきれいで、実際に華やかだった。彼は他にも好きなところがあった。それは、強さと優しさ、柔らかさと硬さ、楽しさと責任感の程よい均衡だ。

「早起きしたみたいですね」とレイヤが言った。

「僕もあなたのことを考えていました。どうしてこんなに早くここに？」

レイヤはカイと目を合わせた。「あなたの耶蘇(イエス)様について知りたいと思って。今夜、外で一緒に焚き火を囲みません？　それに、そろそろ歩けるようになる頃だと思う。配下の者が松葉杖を作ってくれました。私はほとんど一日中働いているけど、今夜はなぜ耶蘇(イエス)様が重要なのか教えてくださる？」

カイは温かく微笑んだ。「今日がその日だと、聖書は言う。焚き火のそばで待ってます」

彼女は来たときと同じように素早く椅子から飛び上がり、足早に彼の部屋を出て行った。

その日、レイヤが予言したとおり、カイは家の中をゆっくり、痛みに耐えながら移動した。カイは、足首と同じように体力も衰えていることに気づいた。飢餓が彼の体力を奪っていたのだ。その日は二回歩き、その後はぐっすり眠った。

日暮れには、歩いたことへの達成感と耶蘇（イエス）について話すことに興奮しながら、外でレイヤに会った。

木の長椅子が一つだけあったので、二人は一緒に座った。

「一日の中で私の一番好きな時間、そして一番好きな所です」。レイヤはため息をつきながら、首を傾けて星空を見上げた。

カイもくつろいで空を見上げた。兄の信正と外で過ごした夜のことが脳裏をよぎった。本州北部の人里離れた山の中腹にある焚き火の前で、兄は夜遅くまでカイにいろいろな教えを説いた。耶蘇（イエス）への愛を持つようになってから、カイは世界が違って見えるようになった。それはもはや、人々が生活を営む単なる偶然な場所ではなかった。銀河系全体が神の創造の一部だったのだ。どこを見ても、カイには愛に満ちた創造主を体験する機会があった。彼はこの愛を他の人にも知ってほしかった。カイは父なる神の愛を、その御子耶蘇（イエス）を通して、出会うすべての人と分かち合いたいと思った。船長だったカイは、星を頼りに航海する熟達者だったが、神は、星から探すべき真の目的地は神であると言われた。

「ここから見える星は、日本で見る星と同じですか？」

カイは兄から教わったことをレイヤに話した。

「星を見上げれば神様が見つかるとでも？」

「そうです。星や花、木や川や山を見て、『これは偶然に存在するはずがない。きっと創造された神様がいるに違いない』と思ったことはないですか？」

「はい！」レイヤはカイに向き直った。「私は、そう思ったことがあります。私は自然が大好きです。自然の中でひらめきを受けます。それが、私たちの茶樹と加工を完成させたいと思った理由の一つです。成長するものとつながっているとき、私は最高の気分になります。もし、神様がいるとしたら、それは万物を創造された神様です」

カイは目を輝かせた。「いい知らせがあります。聖書には、神様はあなたが言うことは正しいと書いてあります」

「でも」と、レイヤは疑問を口にした。「私は、神様は唯一ではないと教えられました」

「レイヤ、聖書によれば、そのとおりです。もし神様を超自然的なものと定義するなら、おそらく何百万もの神がいる。霊の世界は実在し、活気に満ち、生きている。天使たちは私たちを慰め、守り、神様の御心を伝えてくれる。日夜神様を賛美する天の存在もある。そして、私たちが神様を知り、神様に従わないようにしようとする悪魔もいる。耶蘇（イエス）様は、呼びさえすれば助けに来てくれるかもしれない天使の十二軍団について言及されている。つまり、聖書によれば、神々は多数、おそらく何百万と存在する。

しかし、父なる神様、創造主なる神様という最も高き神様もおられる。そして、神様が造られたものにおいて、御自身を現されている。あなたが今言ったように、これが真実であることをあなたは知っている。つまり、あなたは万物を創造した神様の存在を知っているのです。その神様について少しは知っている。そして、素晴らしい知らせは、もっともっと知るべきことがたくさんあるということです。神様に本当に近づいたとき、あなたは神様を心から愛することになると思います」

レイヤは立ち上がり、鉄の棒で焚火を突いた。彼女が薪を突き立てると、炎はより高く燃え上がった。

「でも、神様に近づく方法はないとも教わりました。タオは時間とともに変化するといいます。そして、変化するタオと接し続けようとすると、同調して近づくことができる。しかし、私たちがタオとのバランスを取り戻したと思っても、タオはまた動き出す」

カイはさらに良い知らせを話した。

「私たちの受けた教育は似ていると思います。そして、私たちは正しい教育を受けたと信じています。しかし、私は今、この話にはまだ続きがあると信じています。考えてみてください。耶蘇(イエス)様はご自身が道であると言われた。しかし、三年間毎日耶蘇(イエス)様と一緒にいても、弟子たちは耶蘇(イエス)様を道として理解することができなかった。ある時、地上での宣教の終わりに近づいたとき、耶蘇(イエス)様は弟子たちに、ご自分が行くところへついて来なさいと言われた」

「『わたしがどこに行くのか、その道をあなたがたは知っています』

トマスは耶蘇(イエス)に言った。『主よ、どこへ行かれるのか、私たちには分かりません。どうしたら、その道を知ることができるでしょうか』

耶蘇(イエス)は彼に言われた。『わたしが道であり、真理であり、いのちなのです。わたしを通してでなければ、だれも父のみもとに行くことはできません。あなたがたがわたしを知っているなら、わたしの父をも知ることになります。今から父を知るのです。いや、すでにあなたがたは父を見たのです』」（ヨハネ14・4―9）

「だから、タオの道は直接的、固定的、客観的に意味を知ることができないのです。その代わり、耶蘇（イエス）様の道は偉大なユダヤ人学者ニコデモに説明した方法で知ることができます」

「『まことに、まことに、あなたに言います。人は、水と御霊によって生まれなければ、神の国に入ることはできません。肉によって生まれた者は肉です。御霊によって生まれた者は霊です。あなたがたは新しく生まれなければならない、とわたしが言ったことを不思議に思ってはなりません。風は思いのままに吹きます。その音を聞いても、それがどこから来てどこへ行くのか分かりません。御霊によって生まれた者もみな、それと同じです』……『あなたはイスラエルの教師なのに、そのことが分からないのですか』」（ヨハネ3・5―8、10）

レイヤは魅了された。「私はこれらのことをもっと学びたいです」

レイヤは炎を見つめた。「でも、もう一つ気になることがあるんです。質問ばかりしているようで申し訳ないのですが、理解したいことがあるのです」

その瞬間、彼女は再び農園主としての自信を取り戻し、正しい情報を得ようと主張した。そして、カイの返事を待たず、彼女は話した。

「私は学びたいのです。でも正直言って、私の神様ではない神を知ろうとするのは気が引けます」

彼女はためらった。カイには彼女が自分の気持ちを表現する適切な言葉を探しているのがわかった。彼女はもう一度話す前に、もう少し焚火を突いた。

「私の中で二つの気持ちが戦っているみたいです。一方では、あなたの神様と耶蘇(イエス)様について知りたいと妙に感じている。でもその一方で、あなた方の神様は異質だと感じている。中国の歴史の中で、あなた方の神様はずっとどこにいたのか？　なぜ、あなたの神様はここには現れなかったのか。西洋には現れたのに、ここには現れなかった。そして西洋人がここにやってきて、自分たちの神様について、そして神様が私たちを愛していることを伝えようとした。しかし、私の最初の反応は、『もし、神様が私を愛しているのなら、今までどこにいたのですか！』ということだった」

レイヤはしばらく無言になり、無心に鉄の棒で焚火を突いていた。そしてようやくカイを見上げた。「私が、どんな気持ちかわかりますか？」

彼女の目には懇願するような表情が浮かんでいた。そしてカイは彼女の困っていることを理解していた。彼女は不快な感覚にとらわれていた。一方は、この異国の神に愛されておらず、望まれていないという感覚であり、もう一方は、論理的にも事実上も、タオを続ける理由がないという感覚である。その両方が、誰もが避けたいと思うような圧迫感が彼女に迫っていた。

しかし、その不快感から抜け出し、いかなる神への追求もあきらめようと思ったとき、彼女は神と耶蘇(イエス)について学ぼうとしなければ、何か重要なことを見逃してしまうのではないかと感じた。

「あなたの思いはよく理解できます。私も同じでした。私の思いは、あなた以上だったかもしれません。私の国の歴史を考えてみてください。一五四九年、日本に基督教が伝来しました。その五十年後には、多くの人が耶蘇（イエス）様に信仰を持つようになりました。私の兄もその一人だったのです。しかしその後、わが国の権力者は、基督教の宣教は、それを隠れ蓑にして日本の主権を奪うことを意図した外国からの侵略であるとしたのです。そして、我が国は基督教を封鎖し、非合法化し、基督教徒を殺しました。私の兄は辛うじて長崎の二十六人の殉教者の一人になるのを免れました。一六二七年の今日、私の国ではほとんどすべての人が、基督教の神は外国のものだと信じています。日本を滅ぼそうとする神は日本の神ではないという考え方です」

「だから、あなたは理解してくれるんですね」。レイヤはほっとしたようだった。

「でも」と彼女はさらに尋ねた、「あなたは基督教徒になった。どうして？」

「まあ、最初に言っておくと、私は寄合に入るような感覚で基督教徒になったわけではありません。耶蘇（イエス）様は私たちに宗教に入るよう呼びかけているのではなく、耶蘇（イエス）様の弟子の一人になるよう呼びかけているのです。私は耶蘇（イエス）・基督の弟子であり、耶蘇（イエス）様だけの弟子です。個人的に、耶蘇（イエス）様と一対一。つまり、私は教会や組織には頭を下げたりはせず、ただ神様、つまり耶蘇（イエス）様に従うのです。また、人は神様以上にうまく話したり、行動したりできないことも理解すべきです。神様は完全であり、私たちがそうでないことは明らかです。侵略者は神の代表ではなく、彼らの利己的な欲望を求めているだけなのです。私たちは、他人の有害な行動ではなく、基督に基づいてその方に従うかどうかを決めなければならないのです。基督教徒を見て基督に従うかどうかを選ぶのは賢明ではありません。基督教徒になれば、基督教徒に従うのではなく、基督に従うことになります。基督を見て判断しなければならないのです。

最後に、兄は私に創造主について教えてくれました。私の創造主である神様が最初から日本人とともにおられたことを示してくれたのです。神様のことを忘れたのは、実は私たちなのです！　実に、私たちの祖先は、創造主なる神様について書いていたのです」

レイヤは振り返り、焚火を突いていた棒を置いて、カイの隣に座った。

「理解できないわ。あなたの祖先が創造主の神様について書いたというのですか？」

「そのとおり」。カイは長椅子でレイヤに向き直った。火に照らされた彼女の美しさに気づき、彼の心臓は飛び跳ねた。彼女の柔らかい肌は、温められたブルーチーズのような輝きを放っていた。今夜は三つ編みを解いていたので、三つ編みのせいで少しくせのついた黒髪が、肩の前後になびいていた。

「古事記には、われわれの祖先は、はじめに三人の神がいて、三人とも隠れたままだったと記しています。最初の神は、天の大いなる栄光の中心の神、アメノミナカヌシでした。天之御中主神（あめのみなかぬしのかみ）は、天地創造の神です。日本と日本人の誕生を命じたのは、その神の言葉でした。

私たちは、違う言葉を話すのだから、神が日本で違う名前を持っていたことは、驚くべきことではありません。しかし、あなた方の言語にも、その創造されていない創造主、つまり最初から存在する神の名前があります。それが誰だか知っていますか？」

レイヤは記憶を探るように目をそらした。「はい、彼の名前は上帝（シャンディ）、天の支配者でしょ」とレイヤは答えた。彼女は戸惑いながらカイに向き直った。「でも、中国の最初から存在する創造主は日本と同じだというのですか？」

カイは微笑んだ。「最初から存在する創造主は何人いると思いますか？　私たちの祖先が同じ人を知っているのは理にかなっているでしょ？　朝鮮では、彼の名前はハナニム、神は天です」

カイは興奮してこう続けた。「神は天であり、天の支配者であり、天の大いなる栄光の中心です。彼らは皆、万物の創造主です。彼らはすべて、目に見えず、情け深く、すべてを存在へと語りかけたお方なんです」

「私の船は、日本から朝鮮、清までわずか数日で旅することができます。私たちは異なる言語を話しているが、同じ創造主を知っているのです。私たちの祖先は皆、個々に創造主について書き記し、その記録は私たちが今日、情け深く最初から存在する創造主が私たちの周りにあるすべてのものを作ったことを知るために保存された。同じ神でありながら名前が少し違うという結論は、極めて論理的です」

「わかりました」とレイヤは答えた。「名前も説明もよく似ているわ」。レイヤは一息ついた。

「でも」と彼女は続けた。「西洋の神や耶蘇（イエス）とどういう関係があるのですか？」

「彼らがみな同じ神であることを証明することはとても刺激的なことです」。カイは微笑んだ。「でも、その前に話を戻しましょう。私たちの言葉を整理しておきたい。朝鮮の創造主、日本の創造主、中国の創造主の間に違いはないというのが正確だとしましょう。その場合、おそらくどの土着の言語にも、情け深く、最初から存在する創造主について書かれた独自の歴史があると推測できます。したがって、例えば「中国の創造主」を中国だけのものであるかのように語るのは、いささか不正確であり、誤解を招く可能性すらあります。そこには、情け深い最初から存在する創造主なるお方がおられたのだから」

「あなたが言わんとしていることがわかるような気がします。つまり同様に、『西洋だけの神』は存在しないということでしょう?」

「そのとおり」

「しかし……」レイヤは何か言いたいことがあったのだが、言葉が出てこなかった。彼女の心の中では、何かがまだ十分納得できていなかった。「何と言えばいいのかわからないの」

「じゃあ、私がもっと説明しましょう。そうすれば、理解できるようになるかもしれない」カイはこのことが彼にとってどれほど難しかったことかを知っていた。兄はこの概念を理解するために、何日も何晩も話し合い、我慢強くたくさんの恵みを与えてくれた。レイヤはうなずいた。

「多くの先住民は創造主について書いたが、その文章を注意深く保存する文化はほとんどありませんでした。しかし、中東のある民族は違った。ユダヤ人は先祖の啓示を代々丁寧に書き写したのです。

一五〇〇年以上にわたって四十人によって書かれた著作集に残されている彼らの文章を見ると、驚くべき発見があります。創造主は歴史のある時点で意図的に言語の分散を引き起こしました。その結果、同じ言語を話す人々が集まり、各地に移住するようになりました。神様が多くの名で知られていることは、神様にとって驚くべきことではないし、私たちにとっても驚くべきことではないのです。そして、神様は他にもこう言われた。

『神は、一人の人からあらゆる民を造り出して、地の全面に住まわせ、それぞれに決められた時代と、住まいの境をお定めになりました。それは、神を求めさせるためです。もし人が手探りで求めることがあれば、神を見出すこともあるでしょう。確かに、神は私たち一人ひとりから遠く離れてはおられません』（使徒の働き17・26―27）

神について知りうることは、彼らの間で明らかです。神が彼らに明らかにされたのです。神の、目に見えない性質、すなわち神の永遠の力と神性は、世界が創造された時から被造物を通して知られ、はっきりと認められるので、彼らに弁解の余地はありません。

この言葉に驚きますか？　神様は私たちの近くにおられるが、私たちが目で見えないことをご存知なのです。神様は、人々が手探りで神様に向かっていく道を見つけることを望んでおられるのです。誰もが神様のことを知っているんです。なぜなら、私たちの周りにあるすべてのものの中にその証拠を見たから。もし神様が存在するとしたら、それは万物を創造した方だと、あなた自身が言いましたよね。

さらに、私たちは神様から離れていると感じるかもしれないけれど、神様は聖書の中で、永遠の愛をもって私たちを愛しておられるとも言っておられる。私たちを常に愛しておられると。私たちが神様のもとに来て、神様の民となることを切望しておられる。しかし、あなたは上帝（シャンディ）からどのくらい離れていると思いますか？　その方に祈ったことがありますか？　もっと知りたい、声に耳を傾けたい、共にありたい、愛し返そうとしたことがありますか？」

レイヤは少し恥ずかしそうに答えた。「いいえ」

「悪く思わないでください。正直なところ、日本のほとんどすべての人がアメノミナカヌシのことを完全に忘れていると言っていい。私たちの創造主は、日本ではほとんど祈られていない。だから、私たちは彼のもとを去ったのであって、その逆ではないのです。

レイヤ、『西洋の神』に反対する気持ちは私にもよくわかります。私たちの国は何十年もの間、基督教徒を迫害してきました。しかし、私たちが純粋に何に反対しているのかを考えてみると、それは基督でも創造主でもなく、侵略者なのです。私たちは他の国や文化に支配されることに反対する。そして、それに反対するのは正しいことだと思う。

しかし、創造主には反対すべきではないのです。創造主を崇拝することに立ち返るべきです。そのために、私たちは他の文化や民族から何かを学ぶことができるかもしれない。したがって、『西洋の神』は私たちと一緒にいたことがないから、私たちのことなど気にかけていないと結論づけるのは、良く言っても不勉強に聞こえる。もって言えば、偽善的に聞こえるかもしれない。つまり『西洋の神』は私たちの創造主でもあるのです！　でも、私たちは自分たちの言葉で創造主を崇拝することさえしないんだ！」

カイは長椅子の上で足を少し動かし、痛みがあることに気づいた。彼は手を伸ばして足首を触った。足を支えずに座るのは数日ぶりだったので、足に体液が溜まり、腫れて痛かった。

レイヤは彼の痛がる様子に気づかなかった。彼女の視線は下を向き、心はカイの推論に魅了され、納得していた。それ以上に、彼女は賢くて思いやりのある男の前にいることに気づいた。そして彼女は、彼がかがんで足首に触れるのを見て、その動作が男性的で力強く、自信に満ちたものを見た。気が軽くなった気がした。彼の手……が彼女の足首に触れた時の感触はどんなものだろう。

そして、カイは一言った。「今夜はこの話をこれくらいで止めましょう。私の帆の風がなくなった気がする」

「もちろん」とレイヤは言い、自分の考えに照れて目をそらした。

カイは、苦労しながらも完全に立ち上がった。しかし、一旦立ち上がると、彼はふらつき、弱々しく体が揺れ始めた。レイヤはそれを見て、彼を支えようと駆け寄った。彼女は彼の胸に入り、まっすぐ持ち上げて立たせなければならなかった。本能的に、彼は彼女に腕を回してしがみついた。

抱き合ったまま、レイヤの心は混乱で渦巻いた。

このように触れるのは間違っていた。

だが、彼を助けるのは正しかった。

抱きしめられるのは心地よかった。

誰かに見られたらまずい、間違っているに違いない。

でも正しかった、彼は正しかったのだから。

それは……。

◇私の炎はどこ？

マリアは十分早く着いたが、フーは彼女が着く前に茶店にいた。

「あのテーブルの隣に座って」とフーは指示した。彼はカウンターから二つのカップと挽いた茶葉の入った瓶を持ってきた。彼の準備の仕方にはリズムとルーティンがあるようだった。

茶を用意した。彼は薪ストーブからお湯の入ったポットを取り出し、二人のためにお茶の準備は、マリアが夢で見たとおりのものだった。すべての準備が終わり、それぞれのものを元の場所に戻すと、フーはマリアの向かいのテーブルに座った。

「マリア、茶室では、私の先祖である織田信正が一六〇〇年代初頭に開発した学習システムを使っています。彼は日本史上最も有名なサムライの一人、織田信長の息子だ」

「信正は成人してからのほぼ全生涯を仙人として過ごし、本州北部の人里離れた山に住んでいた。彼は生涯を祈り、聖書の学び、アジアの視点から聖句を見ることができるように日本人が聖書を学ぶ方法を開発することに捧げた。道教、仏教、神道の背景は、彼自身を含め、すべての日本人の中に埋め込まれている。この背景を利用して、彼は『茶室絵巻』を開発した。五つの巻物があり、それぞれの巻物が人生の本質的な問いに答えている。

東の巻物は、『どうすれば成長できるか』という問いに答えている。人は常に動いている、成長するか、衰えるかのどちらかだ。誰にでも成長しようとする本能がある。だから『どうすれば成長できるのか？』という問いは、私たちが意識的にも無意識的にも考えていることなのだ。

南の巻物は、『私の炎はどこにあるのか』という問いに答えている。人間は人生において情熱、炎（熱意）、冒険、そして原動力となる目的を必要としている。私たちは皆、いろいろなものにそれを求めるが、ある次元にしか存在せず、見つける人は少ない」

「西の……」とフーが言った時、マリアが口を挟んだ！

「フー、これが私をおかしくさせている！　私は退屈から逃れるために必死で中国に来た。そして夢を見始めて、怖くなって、逃れようとして、七日間の退屈があって、また問いかけると夢が戻ってきて、ついにあなたに電話したんです。これが私の巻物です。これ以上続ける必要はないと思う」

「でも、あなたは私に……」

マリアは微笑んだ。「フーさん、あなたの真面目さには感謝します、でも、この巻物から始めませんか？　何か答えが見つかるかもしれないと思うと、とてもわくわくするの。私の炎はどこなのか？」

フーはテーブルから立ち上がり、南の巻物に向かった。「ここ二、三日、君や君の夢について祈っていたんだ。私もここから始めなければならないと思う。これが君の人生を変革する知恵になると信じている」

マリアはまるで女学生のように座席でもじもじしていた。彼女はノートを開き、メモを取る準備をしていた。

「南の巻物は、情熱、冒険、忠誠心、炎、行動力を表しています」。フーは続けた。

そして巻物を読み上げた。

「狭い門から入りなさい。滅びに至る門は大きく、その道は広く、そこから入って行く者が多いのです。いのちに至る門はなんと狭く、その道もなんと細いことでしょう。そして、それを見出す者はわずかです」（マタイ7・13―14）

「マリア、この言葉を聞いて何を思い浮かべる？」

マリアは文章を読み直した。「今あなたが言ったことを思い出すわ。二つの道がある。難しい道と簡単な道。じゃあ、私は難しい道で情熱を見つけるの？」

「よろしい。気がつけば、人生につながるのは困難な道だ。人生は情熱だ。死、つまり破壊は生の対極にあるものだから、破壊の中に炎を見出すことはできない」

「では、マリア、あなたが今までで一番やりがいを感じた活動は何？」

「大学一年と二年の間にサマーキャンプのカウンセラーをしました。ベルリンの恵まれない子どもたちに。多くの人たちは、普通のサマーキャンプのようなことをたくさんしていたけれど、私たちの何人かは補習のアカデミックカウンセラーだった。楽しいアクティビティを通して数学を教えたの。私はそれが大好きだった！　残念なことに、新型コロナの流行で閉鎖されてしまいましたが。閉鎖がなければ今そのキャンプに行っていると思います」

「なぜ、大好きだったの？」

「彼らの人生に変化をもたらしていて、それが気持ちよかった。彼らが学ぶべき概念を教える創造的な方法も見つけることができました。そして、私は彼らの姉のような友人になれたので」

「じゃあ……」フーは続けた。「お母さんの家で一日中ビデオゲームをしているのと、数学カウンセラーになるのと、どちらを選ぶと思う?」

「もちろん、数学カウンセラー」

フーは微笑んだ。「一方は死で、もう一方はいのち? 一方は簡単で、もう一方は比較的難しい?」

マリアは答えた。「そういうことですね。でも、一番難しい生き方を探せば、情熱が見つかるってことですか?」

「いいえ、そうではない。しかし、場合によっては……、そうかもしれない。人生にもっと多くを求めながらも、怖くなって身を引いてしまったという経験があるかもしれない。そう、あなたは困難な道にとどまるべきだったと言えるかもしれない」

フーは間髪入れずに続けた。「しかし、イエス様が言っているのは、常に最も困難な道を求めるべきだということではない。これはイエス様の教えのトップ五に入るものだから、何かもっと深いものがあるに違いない。そして、ここには発見すべきもっと深い何かがある」

フーは髭をなでながら次の言葉を口にした。

彼は巻物に書かれた文字を指差した。「見つける者の少ない狭き門がある。この狭い門を見つける者が少ないという事実こそが、この聖句におけるイエス様の教えの本質なのだ。困難な道と容易な道はイエス様の教えの一部であり、私たちはそれを取り上げたばかりだ。しかし、本当の奥義は、見つける者の少ない狭い門にある。

もしこれが、生きるために最も困難な道を見つけることだけが目的なら、有罪判決を受けた犯罪者はみな、非常にでこぼこした困難な道を選んだからこそ狭き門を見つけたと主張できるだろう」

フーは聖書を手に取り、振った。「発見すべき超自然的な何かがある。聖書はそれについて語っているが、説明するのは容易ではない。イエス様は、それは狭い門をくぐるようなものだと言っている。そうすれば、いのちを見つけることができる。そして、そこには情熱、冒険、炎、そして行動があり、その門に猛烈に忠誠を誓うようになる。それを見つける人は少ないけれど、見つけたとき、その人の人生は鮮やかな色彩に変革する」

マリアは手を挙げた。「私も欲しいです、フー。見つける人が少ないなら、どうやって見つければいいの？」

フーは立ち上がり、南の巻物に向かった。「この巻物の中に小さな巻物があるのが見えるかい？小さいけど、そこにあるんだ。その小さな巻物には、狭い門を見つけるために勉強しなければならない聖句が載っているんだ」

◆先生との関係

それから数日、カイの回復は順調だった。そして、レイヤの炉辺での会話も進んだ。日中、彼女はカイが歩いたり眠ったりしている間に仕事をした。早く回復し、強くなり、完全な状態に戻ろうと決意していた。

カイとレイヤにとって、会話は彼らの一日の最高の楽しみだった。カイは耶蘇（イエス）の私たちへの熱い愛について教えるのを楽しみにしていた。しかしカイは、尊敬する女性と一緒に過ごすという、自分にとっての新たな情熱を見つけた。彼女は知的で、明晰で、正直で、純粋に周囲の人々のために最善を尽くしたいと願っていた。彼女の微笑みは頻繁に見られ、明るく、焚き火よりも輝いていた。そして彼女は驚くほど美しかった。

レイヤにとって、毎晩の出会いは耶蘇（イエス）とカイの両方に恋に落ちることだった。カイは神のすばらしさをとても情熱的に語るので、レイヤは耶蘇（イエス）をもっと求めるようになった。また、彼女は、カイのことがだんだん気になってきたこともわかっていた。もし彼に結婚を申し込まれたら、一瞬で「はい！」と叫んでしまうだろう。彼女は自分の心を彼に明かしていなかったが、それはすでに彼のものだった。

ある夜カイは、生まれ変わるための霊的な改心がどのようなことかを説明した。「創造主である神様ともっとつながる方法があります。耶蘇（イエス）様はニコデモに、生まれ変わるための霊的なことを理解する方法があると言われた。それは霊的な誕生であり、それによって、私たちは生まれ変わることができる。学ぶべきこと、探求すべきことはたくさんあるが、聖書には、私たちが霊的に変えられるまでは、耶蘇(イエス)の十字架の話は愚かなことのように思えるだろうと書いてある」

レイヤはカイを見た。彼女の目は切望に満ちていた。「私は準備ができている、カイ。私が生まれ変わるのを助けてください！　私はこの精神的な変革を望んでいるの！」

「そうできればいいのだが。生まれ変わることは自分ではできないし、誰も助けることはできないんだ」

「でも、私、準備はできているのよ、カイ」レイヤは無邪気に懇願するように首を傾げた。

カイはレイヤの手を取ろうと手を伸ばした。それは本能的なもので、親密さを伝えるつもりはなかった。しかし、彼女の手に触れる前に、彼はふと、これが間違った方向に受け取られる可能性があることに気づいた。彼は息を飲んだが、彼女が境界線を越えたと感じるかもしれない危険を冒していることを知りながらも、手を伸ばし続けた。

レイヤも本能的に反応した。彼女はカイに自分の手を握らせ、もう片方の手を添えて温かく応えた。

カイは「もっといい事を伝えたいけれど、残念ながら、レイヤ、私たちが準備ができていると感じても、私たちが決めることはできない。耶蘇(イエス)様しか、決めることができないんだ」

「でもいい知らせは、私たちが耶蘇(イエス)様を追い求めれば追い求めるほど、耶蘇(イエス)様が私たちを霊的変革の準備ができていると判断してくださるということ。今、この瞬間、あなたは耶蘇(イエス)様を追い求め、耶蘇(イエス)様に近づいている。それは正しいと感じるでしょう？」

カイは握った手をちらりと見下ろし、思わず「正しいと感じる」と二重の意味を持たせた。レイヤはカイに控えめな視線を送りながら手を引っ込めた。そして「そうですね」と彼女は言った。レイヤは顔を赤らめた。すべてが正しく感じた。彼女は心の中で、自分が神を見つけようとしていることを知っていた。カイも正しいと感じていた。彼女はその神との親密な生涯を望んでいた。

彼の手は、彼女が十二歳の時から寝台の下に押し込められたまま置き去りにされていた不思議な箱を開ける鍵のようだった。その夏、彼女は母親と農園に来ていた青年に恋心を抱いていた。彼らは一週間も経たないうちに出て行き、二度と戻ってこなかった。レイヤの心はその一週間で一回り成長した。彼が去っていった時、涙は許されなかった。彼女は心の動揺がないように、心の箱を閉じたのだ。夏の夢のような愛は、芽生え、失われ、そして閉じ込められた。その後の彼女の人生では、彼女の心は閉ざされ、隠されたままだったかもしれない。レイヤはその鍵を永遠に捨て去り、誰にも見つからないと確信していた。

しかし、数週間前、一人の男が馬の背に縛りつけられ、瀕死の状態で農園の門をくぐり抜け、入り込んできた。そして日を追うごとに、彼がよみがえり、再びいのちを得るにつれ、彼女もまた新たな人生を見つけつつあった。彼女は肩を揺すって、恥ずかしい思いを払拭した。彼女は落ち着きを取り戻し、会話の内容に戻った。

「でも、あなたは教えるためにここに来たのよ、カイ。もし私たちが生まれ変わるために役立つことを何も学べないのなら、なぜ教えられなければならないの?」

カイは微笑んだ。「ある人は知識を追い求める。そしてある人は知識を得るだけではなく、それを人生に適用したいと考える。でも、ある人はその先生との関係を確かなものにする人もいる。耶蘇（イエス）様を信じて復活のいのちに与り、父なる神様の思いを現すために選ばれるのは、師と強い結びつきを持つような弟子たちなのです。

でも、私は教えるために来たのですが、誰がただ学びたいのか、それとも、教えによって生きたいのか、そして誰が耶蘇（イエス）様に心から従って生きるのか決心するのかは、私にはわからない。耶蘇（イエス）様に心から従って生きると決めた人々は、耶蘇（イエス）様の真の弟子たちで、おそらく霊的な生まれ変わりがあるでしょう。宗教や戒律ではなく、真の喜びが始まるのはここからです。あなたは耶蘇（イエス）様を恋したいと思いますか？」

カイは純粋な目でレイヤを見た。

レイヤはその質問に微笑んだ。彼女は、彼が耶蘇（イエス）と恋に落ちることについて尋ねていることを知っていた。しかし、彼女は同時に二人の男性と恋に落ちていた。神への繋がりを私たちに与えるために死んだ方と、その方について伝えるために死にかけた男だ。

彼女は正直に答えた、「ええ、恋に落ちているのはわかっています。本当に恋をしているんだと思います」

レイヤは背を向け、感情を押し殺した。私的な思考とは、頭の中で自分自身のために流す小さなメッセージのようなものだ。誰も私たちの思考に立ち入ることはできない。しかし、その思いを口にするとき、突然、私たちは嘲笑と喪失に内なる聖域をさらすことになる。しかし、ほんの一瞬の恐れの後、すぐに慰めと安堵が訪れた。レイヤは自分が恋をしていることを公に認めたのだ。そして彼女は、この愛が耶蘇（イエス）に対するものであることを知っていた。彼女が感じた感情、正直な反応は、耶蘇（イエス）への愛を表現することだった。

彼女は心の中で何かが早まるのを感じ、火花が散り、解放され、重荷が軽くなり、壮大な愛が彼女を満たし、それ以上の言葉を詰まらせた。彼女にはもう言葉がなかった。それ以上の言葉はなかった。彼女は天に向かって目を上げ、創造主に感謝の気持ちを伝えたいと願い、必要とし、うずくまった。彼女は愛に圧倒されていた。彼女を満たしていたのは、純粋で、白く、美しく、うっとりするような愛だった。感謝の気持ちを表したいという彼女の欲求は、充満の中を湧き上がり、意味不明な言葉となってはじけ飛んだ。愛の歌のように、彼女は純粋な喜びの声を発した。それぞれの言葉の意味は彼女にはわからなかったが、それは問題ではなかった。救い主耶蘇（イエス）・基督への愛の歌なのだ。

カイは、彼女が新しい主に向かって歌っている間、感謝の気持ちで待ち、祈った。すべての人が同じ経験をするわけではないが、カイは何が起こったかを確信していた。彼女は、天と私たちが見るものすべてを創造された神を受け入れたのだ。彼女は基督の霊を受け入れ、豊かないのちと、基督を愛する者に約束された喜びに満たされた。レイヤは狭い門をくぐったのだ。

その後数週間で、カイの足首はほぼ完治し、レイヤは聖書を学ぶことに興味を持つ農園労働者を何人か見つけた。カイは、神が教えるための群れを集めておられることに気づき、茶室での教えを始める必要があると感じた。

カイは人里離れた場所に茶室を建てる場所を見つけ、他の農園労働者二人と一緒に竹で茶室を建てた。建てるのにそれほど時間は必要としなかったが、屋根は雨漏りせず、二十人ほどの生徒を収容することができた。当面はこれで十分だった。さらに、そこはカイの自宅も兼ねていた。

巻物がなければ、カイは記憶を頼りに教えるつもりだった。彼はトップ五の教えとグリッドのいくつかを知っていた。彼は、授業が進むにつれて神が聖句と教えを与えてくださると信じていた。

カイが何度か教えた頃、ようやく鍛冶屋からハウが旅に出る準備ができたという知らせを受けた。カイは喜び、翌日彼を迎えに行った。

カイが到着した時、ハウは目を覚まし、旅支度をしていた。二人の再会は涙ぐましいものだった。カイにとってハウは二度命を救ってくれた恩人であり、抱きしめてお礼を言った時、彼は涙をこらえきれなかった。船長は泣かないものだが、この船長は泣いた。ハウに命を救われただけでなく、神の御心、神の働きのために生きることを許されたのだと悟ったからだ。責任と祝福は彼の肩にかかっていた。農園でやるべきことがあり、カイは巻物を取り戻し、ハウを茶室の教室に加えることに興奮していた。

ハウはまだ痛みなしでは歩けず、馬にも乗れなかった。そこで、鍛冶屋はカイが馬の後ろに引くための小さな荷車を作った。


翌日、農園に戻ったカイは、ある目的を持って立ち上がった。彼は五つの巻物を取り出し、床に並べた。巻物には耶蘇（イエス）・基督の教えのトップ五が書かれていた。巻物の聖書研究法についてはすでに話していたが、これからは、もっと深く掘り下げる必要があった。カイは目を閉じてしばらく考えた。兄が最初に教え始めた時のことを思い出した。彼らは東の巻物から始めた。東の巻物には成長と新しい始まりが書かれていた。五つの巻物にはそれぞれ、人類の最も本質的な質問の一つに対する神の答えが書かれていた。東の巻物は、「どうすれば成長できるのか」という質問に答えていた。

信正は、人類は決して停滞の中で生きることを意図されていない、と言っていた。停滞は死へと向かうが、成長はいのちへと向かうのだと彼は推測した。私たちはただ存在しているだけでは快適ではない。それ以上のものが必要なのだ。人生には目的が必要だ。自分が成長し、学び、拡大し、新しい実を結び、新しい方法で与えていることを知る必要がある。

信正は、神もそのような視点に同意しておられると信じ、神ご自身が私たちに人生の方向へ進むよう指示しておられることを証明する重要な聖句の数々を見つけた。神は私たちが、病気や罪や死に苛まれ、生ぬるい水の中でもがくのではなく、もっと豊かないのちを見いだし、生ける水を飲むことを望んでおられるのだ。

カイはまず東の巻物を教えることにした。

その最初の晩、巻物が掛けられた後、彼は東の巻物を指差して言った。「あなた方の中で、今日していること以上のことが人生にあると信じている人はいるだろうか？」

十人全員が手を挙げた。

「もっと何かあるのではないかと思ったことはないだろうか。あなたの心はもっと知りたいと願っていないだろうか？　あなたの心はもっと愛したいと願っていないだろうか？　あなたの霊は、創造主をもっと知りたいと切望していないだろうか？」

十人全員が手を挙げ続けた。

「どうすれば成長できるかという本質的な質問をしたことがありますか？　男として、女として、霊的存在として、私の避難所となる力を持つ神、私の味方であり、私の残りの人生を成長させる力を持つ神を見つけようと手探りしている者として、私はどうすれば成長できるのだろうか？」

カイが次のように述べるまで全員手を挙げていた。「本気なら、神様は私たちがどう成長すべきかを教えてくださっています。この教えに至るまで、すべての聖句を学びますが、巻物の一番上が最高峰の教えであることを理解してください。これは耶蘇・基督の教えの上位五つに入るものです。巨大な爆竹のような大きなものなのです。すぐにわからなくても大丈夫。そのうちにわかるようになります」

「ある夜遅く、権力者で、学識のあるユダヤ人、ニコデモが耶蘇のもとを訪れ、何か答えを求めていた。彼は耶蘇が誰なのか理解していなかったが、耶蘇が行ったさまざまな奇跡に基づいて、耶蘇が神から遣わされたことは知っていた。ニコデモは一流の聖書学者であり、耶蘇が誰であるかを理解している人がいれば、彼も理解していたであろう。しかし、彼はそうではなかったので質問に来た。言い換えれば、彼の質問は、『どうしてこんなことができるのだろう？　これが私自身の人生にどう関係するのだろう？』というものだった」

カイはまた巻物を指差して言った。「この巻物のここに、耶蘇様が話された答えがあります」

「まことに、まことに、あなたに言います。（中略）人は、水と御霊によって生まれなければ、神の国に入ることはできません。肉によって生まれた者は肉です。御霊によって生まれた者は霊です。あなたがたは新しく生まれなければならない、とわたしが言ったことを不思議に思ってはなりません。風は思いのままに吹きます。その音を聞いても、それがどこから来てどこへ行くのか分かりません。御霊によって生まれた者もみな、それと同じです」（ヨハネ3・3、5—8）

その夜、生徒たちが寝床に向かった後、レイヤはカイと過ごすために残った。二人の関係は進展していた。二人は聖書に基づいた関係を保っていたが、皆の前では偽りはなかった。二人は明らかに愛し合っていた。

今夜、カイが火をつけている間、珍しく静かだった。

レイヤは火がつくのを待って、カイの真後ろに立った。彼女は彼の腰に腕を回し、肩の後ろにそっとキスをした。

彼女はささやいた。「今晩は何かお悩みですか？」

カイは振り返ってレイヤと向き合った。彼は彼女の目を見下ろし、深くため息をついた。カイはレイヤの腕を腰から引き離し、両手で彼女を抱きしめた。カイの目は、考えている問題の重さに緊張していた。

「レイヤ、私の四十日はもう終わりだよ。私の乗組員と船は六日後に上海の港に到着する」

カイは彼女の手を離し、数歩離れて別の方向を見つめた。

「ハウと私を追っている男は我々の計画を知っている。彼は私がいつ船と落ち合うか知っていて、彼と彼の部下は私が到着するのを待っているだろう。どうやって彼らをかわして船まで行くことができるのか、そして、船に着いてから何を話せばいいのかもわからない」

「行かないで」、レイヤが口をはさんだ。「ここに残って、私と新しい人生を始めましょう。あなたはここで必要とされている。農園には常に新しい労働者がやってくる。耶蘇(イエス)様に紹介し、福音を教える新しい人々が必ず現れる。あなたはここで必要とされている。あなたが始めた基督教徒の村は、あなたなしでは失われてしまうのです」と彼女は訴えた。

彼女は彼に近づき、彼の髪に触れながら言った。「私もよ」

「レイヤ、私もここにいたい。私はあなたを愛している。でも……」

カイは少し黙り込んだ、レイヤに彼の声の真剣さを理解させたかった。

「船の乗組員たちを見捨てることはできない。彼らは私を待ち、何も知らない危険にさらされる。考えてみたんだが、彼らを寧徳の港に向かわせる必要がある。港を変えてもらえれば、お茶の苗木を積んで信正に送り返すことができる。それに、信正はここの東洋人が耶蘇(イエス)様に立ち返っていることを知って喜ぶだろう」

レイヤはカイが正しいことを知っていた。彼は忠誠心と誠実さを兼ね備えた男だった。自分が生きているのか死んでいるのか、友人や愛する人たちを不安にさせるようなことはしない。

彼女は言った。「他の誰かを船に送ったらどうなの？」

「それも考えたけど、誰にも頼めない」。

「私が頼むわ」レイヤは言った。「誰かが志願するわ」

生徒の一人であるウェイが快く志願した。彼は上海出身ではなかったが、港には詳しかった。カイとレイヤは、ウェイがカイの代わりに行く理由をあまり知らない方が安全だと考えた。カイは船を特定するために何を見るべきかを伝え、エンジが責任者であることを伝えた。ウェイには具体的な伝言と、カイからエンジへの手紙が渡され、なぜ寧徳まで船を出さなければならないのか、状況を簡潔に説明した。ウェイが上海に向けて出発する前夜、基督教徒の仲間たちはウェイの無事を祈った。

一週間後、レイヤはカイの手を引いて建物の外に連れ出した。彼女はまるで十代の少女のように興奮し、はしゃいでいた。カイはそんな彼女の一面を見るのが好きだった。

カイはやっとの思いで建物の外に出ると、そこにはウェイとエンジ、そして船の乗組員の他の二人が立っていた。

「エンジ！」カイは親しい友人を抱きしめて叫んだ。「日本からの船旅はどうだった？」

エンジは朗らかに笑い、船長に抱擁を返した。「上海に着くまでは順風満帆でしたが、上海に到着してからは、少し混乱しました。でも、やっとここにたどり着けました」

カイは三人の友人を農園に迎え入れ、そしてウェイを温かく抱きしめた。「私はいつもあなたに恩があります」。カイはウェイの目をじっと見て言った。

「他の乗組員たちはどこに？」

「彼らは船に残っています。交代で寧徳の町に出かけていると思います。正直言って、寧徳までは荒れた航海でした。出航から三日間は天候に悩まされましたので、彼らは船での快適な休息とともに、村での一夜を楽しむことでしょう」とエンジは説明した。

「エンジ、レイヤを正式に紹介させてくれ。彼女は私の人生でとても重要な存在になった。そして、これからもそうあり続ける」。

カイはレイヤの手を取り、自分の方へ引き寄せた。

エンジはカイ、そしてレイヤ、握った手を見て、またカイを見つめて言った。

「ああ、なるほど。」

そして、彼はレイヤの方を向いて、彼女に話しかけた。

「そういうことなら、君は僕にとってとても大切な存在になったんだ、レイヤ」

エンジは彼女の前で一礼し、微笑んだ。「私はあなたに仕える身です、レイヤ。私を頼りにしてください。あなたを守り、防御し、支えますのでご安心ください」

レイヤはお辞儀をした。

「恐縮です。やっとお会いできてうれしいです」。レイヤはエンジに言った。「カイからあなたのこと、あなたとの旅のことをたくさん聞いています」

ちょうどその時、ハウが足早にやってきて、カイは彼を二度も命を救ってくれた男だと紹介した。

エンジは再び敬意を払い、船長を生かしておいてくれたことに感謝した。

夕食後、カイ、レイヤ、エンジ、ハウは火を囲み、カイとエンジの旅の話や農園の歴史について語り合った。

レイヤはついに心の中の大きな疑問を口にした。彼女はカイが茶樹と一緒に日本に帰るつもりであることを知っていた。カイとエンジを見て、彼女は尋ねた。「いつ発たれる予定ですか?」

一行は静かになった。カイはレイヤのできるだけ近くに座り、エンジに注目して尋ねた。「どのように考えている?」

エンジは背筋を伸ばし、咳払いをした。「乗組員の何人かは一刻も早く日本に戻る必要があります。上海からここまで時間をかけて航海したので、あまり時間が残っていません。遅くとも明日の午後までには出航する必要があると思います」

「じゃあ、午前中に十本の成熟したお茶の苗木を運んで積み込むよう、何人かの作業員に手配しておきます」と、レイヤはさりげなく言った。


その夜遅く、レイヤはカイにそっとこう尋ねた。「あなたも、行かなくちゃならないのでしょう」

「永遠ではないよ」とカイは答えた。

「どのくらいで戻ってくるの?」カイの答えを恐れて、レイヤは小声で尋ねた。

「長くても三週間で戻るよ」とカイは答えた。「おそらく二十一日というより十四日に近いだろう」

レイヤは立ち止まり、カイの両手を取り、彼の甘い瞳の奥を覗き込んだ。

「あなたがここに来てしばらくした後、私は、あなたが茶の苗木を日本に持ち帰らなければならないという話をでっち上げていて、あなたがずっとここにいることを期待していたのよ」

レイヤは少し間を置いて、言いたい言葉を考えようとした。

「私にはあなたが必要なの、カイ」レイヤは言った。「この農園はあなたを必要としている。新しい基督教徒に福音を伝えるために、あなたが必要なの。でもそれ以上に、私の心はあなたを必要としている。戻ってくると約束してくれる？」

「約束するよ、レイヤ」。カイは彼女に答えた。

カイはしばらく立ち止まった。

「僕は君に恋をしているんだ、レイヤ。君は男が望むすべてのものを持っている。知的で、明晰で、優しくて、正直で、美しい。それ以上に、神様が特別な理由のためにあなたを私の人生に置いてくださったと信じている。私が危険にさらされ、隠れる場所が必要だったからではなく、残りの人生をあなたと過ごすためにあなたとの出会いがあったのだと」

カイはレイヤの手を離し、両腕を彼女に回した。彼は彼女の顔を見下ろした。「戻ってくるよ、レイヤ。三週間以内に戻ってくると約束する」

レイヤはカイの胸に頭を預け、彼が彼女に言ったすべての言葉を味わった。彼女は彼の言葉を信じていた。彼と永遠に過ごすという思いは、レイヤに安らぎと慰めをもたらした。彼女は男性をあきらめていたので、カイは存在しないと思っていた男性だった。しかし、神は彼女に別の計画を持っておられた。神は彼女をカイに遣わし、愛が男性、そして神から得られることを発見させたのだ。

カイは彼女を抱き寄せ、後頭部を撫でながら言った。「聞きたいことがあるんだ」

レイヤはそっと彼の胸から頭をおこし、彼を見上げた。彼が次の言葉を探している時、彼女は彼の目を見回した。

彼は彼女の瞳に献身さを見た。彼は彼女が完全に彼に献身していることを知ったのだ。彼女がたただ一人の存在であることを知った感動で、彼の目は曇った。四十五歳で、彼が完全に身を捧げたのは二度だけだった。一度目は海に、そして二度目は耶蘇(イエス)に。

「私が今考えていることは……、残りの人生をあなたと過ごしたいということです。日本から戻ったら、私の妻になってくれますか?」

◇恋をしたことはありますか？

彼女が店の網戸を通り抜けると、マーティンが言った。「やあ、午後はどんな感じ？」

「まあまあよ」。マリアはカウンターに向かいながら答えた。「今朝、あなたのお父さんに教わったことを復習したわ」

「いいことだね」。彼は微笑んだ。「あの老人の話を長く聞けば、いろいろと考えさせられる」

マリアは笑った。「それが、私が彼の一番好きなところだと思うわ」と彼女は答えた。「実は、あなたと話したかったのよ」

「何を考えているの？」と彼は質問した。

「お父さんのことはありがたいけど、あなたにとってイエス様はお父さんと同じくらい大切な存在なの？」

マーティンはカウンターの後ろでやっていたことを止め、マリアに全神経を集中させた。それを見て彼女はフーの話し方を思い出した。

「イエス・キリストへの信仰は、私が私であるための最も重要なものだよ。イエス・キリストなしには、僕は何者でもない。イエス様が中心でない人生なんて考えたくもない」とマーティンはマリアの目を見つめながら答えた。

「どうやってするの？」マリアは質問した。

「何を？」マーティンは答えた。

「その精神で人生を生きる」。マリアは続けた。「つまり、学校、友達、将来の計画、この世を楽しむこと。その中にどうやってイエス様を取り入れるの？」

「イエス様は僕のスケジュールや活動の一部ではなく、僕のスケジュールが書かれた紙そのものなんだ。イエス様が人生の王、つまり主でない限り、イエス様が意図したとおりに人生を楽しむことは不可能なんだ」

マリアはカウンターに肘をつき、両手を顎にのせた。彼女は、マーティンが今話したような神への確信が欲しかったのだ。マリアはこんなふうに何かを信じたことはなかった。彼は神について自信を持って語った。マリアは、そのような信頼関係を目の当たりにすることはほとんどなかった。さらに彼女は、彼のイエスへの愛に魅力を感じた。そのことがマリアを、イエスとマーティンの両方をもっと知りたいと思わさせた。

「あなたはいつもイエス様についてそんなに強く感じていたの？」とマリアは続けた。

「いいや」とマーティンは言った。「僕の信仰は、父と母がいつも励ましてくれたものだった。でも、励まされて育っただけでは始まりに過ぎない。若くして、僕は神様に信頼を置くようになり、神様への従順が報われることを知ると、よりそれを望むようになった。壮大なる宇宙の神様とパートナーを組むことには楽しみがある。これ以上の生き方はないと思う。僕は楽しいと言ったけど、それは本心だ。僕は単純に神様を信じるから、神様の働きを見たくなるし、神様が何かをなさるのを見ると、すごく興奮する」

マーティンはマリアの表情に驚かなかった。彼は、自分と同じように育てられなかった多くの人々が同じような表情をするのを見てきた。それは、「理解できない」と「それはちょっとクールな感じがする」が混ざったものだった。

「でも、私と同年代の人として、何か提案はある？」

マーティンは笑って、首をひねりながら言った、「その質問に答える前に、君は何歳なんだい？」

マリアも微笑んだ。「二十一歳で、大学三年生を終えたところ」

「僕もあと二週間で二十一歳だよ」

マリアは微笑み続けた。彼女は彼が気に入った。「もうすぐ誕生日の男の子、ってこと覚えておかなきゃね！」

「じゃあ、何か君へのアドバイスか。たぶん一番いいアドバイスは、イエス様のトップ五の教えを知ることだと思う。それは五つの巻物のそれぞれの一番上の聖句だ。その茶室の巻物を勉強すれば、君が知らなければならないことを教えてくれる。なぜなら、イエス様は誰もが心に抱いている最も重要な五つの質問に答えているからだ。だから、イエス様の教えに関するいくつかの事実から始めるのがいいよ」

「しかし、知識だけでなく、一人の若い大人として、『完璧な』クリスチャンになろうとしないことを勧めるよ。完璧なんてありえないから。変革には時間がかかる。もし君が二十一年間も森の中を歩いてきたのなら、森から出るには少し時間がかかると考えるといい」

マーティンはほうきを手に、店のカウンターの周りを掃き始めた。「次に、僕の観察によると、教会に通っている人でも、ほとんどの人は基督教が何なのかよくわかっていない。イエス様はただ信じることを望んでいるのではない。イエス様と恋に落ちることだ。君は恋をしたことがある？」

マーティンはその質問をしながら、掃くのを止めた。それは真剣な質問であり、彼女を見ることでその質問を強調したかったのだ。彼は彼女の顔を見たあと、足元から全身を見てまた顔を見つめた。彼は、思わず積極的な態度で、彼女の肉体をチェックしているように見えたことに気づき、急に恥ずかしさで顔が赤くなった。彼は、また床を掃き始めて、彼女の機嫌を損ねていなければいいのだがと願った。しかし、彼は自分が見たものについて考えずにもいられなかった。彼女はゴージャスだった。

もし、これがドイツであればマリアも苛立ったことだろう。しかし、故郷から何千キロも離れたこの地で、マリアは魅力的で親切で知的な男性を前にしても、驚くほど落ち着いていた。

彼女は視線を無視して言った。「いいえ、恋に落ちたことはないわ」

「マリア、茶室にいれば、すぐにそうなると思うよ」

その時、店の網戸が開く音に邪魔された。マーティンの後任だった。彼のシフトは終わり、家に帰る時間だった。一緒に店を出ると、マーティンはマリアに向き直った。

「他にも話したいことがあるから、僕の家まで一緒に帰らない？　それに、もうすぐ夕食の時間だから、もう少し一緒に過ごしてもいい？」

マリアは「一緒に過ごす時間」に心が軽くなるのを感じた。いい響きだ。

二人はゴルフカートに乗った。彼女は本能的に助手席に乗り、彼は運転席に乗った。運転する彼を見るために、彼女は少し横を向いた。彼は何かを話し始めたが、彼女は聞きたくても聞けなかった。彼女の心は叫んでいた。「こんなの慣れるわ。私はこの男が好きだ！　ハンサムだし。神様の話をしてるのに、私には聞こえないって知らないんだ。手を伸ばして彼の頬に触れたい。誰かに恋をしたことがあるのか聞いてみるべきだった。もし私がその両方をしたら、彼はどうするかしら」

彼女は突然手を伸ばし、頬にふれるのは大胆すぎると思い、手の甲で彼の肩に触れた。「邪魔してごめんなさい。でも私、誰にも恋してないって言ったよね。あなたはどうなの？」

マーティンは顔を赤らめた。彼の好きなヤコブの手紙四章八節について、彼女はおそらく彼の言葉を聞いていなかったのだろうと彼は思った。

「ああ……、まあ神様以外にはね。正直言って、僕もないよ」

彼はハンドルに置いた手を開き、「どうして今、そんなことを訊いたの？」と付け加えた。

マリアが恥ずかしがる番だったが、彼女はそのような衝動に駆られて行動したことはなかった。それは彼女らしくなく、時間が戻ればと思った。しかし、衝動は続いた。

「ああ、わからないわ。夢中になるというのはどう？　私は正直言って、数学のクラスのある男性に心惹かれたけど、彼は私に興味を示さず、デートもしなかった。きっと気になる女性がいたんでしょう」

マーティンは道路から目を離さなかった。何を話せばいいのかわからなかった。彼の心の目には彼女の美しさが映り、肩に彼女の手を感じた。恋心？　正直に言えば、この瞬間、答えは「はい、あなたと」だった。しかし、彼はその言葉を避けたかった。この女性はただ、神を見つける必要のある女性だったのだ。彼は心の中で祈った、「神様、助けてください。私は今、どうしようもない状態です。彼女があなたについて学ぶのを助けるだけでなく、それ以上のことを私に望んでおられるのですか?」そして、彼は心の中で、『そうだ、もっとだ』と感じた。

マーティンは日陰に入るように木の下に車を止めた。彼はマリアの方を向いた。彼女の目を覗き込み、甘さと無邪気さを見た。

マーティンは「正直に言うよ、マリア。君は僕に恋心について尋ねたね。僕は君に恋をしているんだ、マリア。本当に、どうしたらいいのかわからない。君はイエス様について学ぶためにここにいるのであって、イエス様以外の誰かと関係を持つためにここにいるのではないと信じている。でも、僕は君に惹かれているし、君を見るたびに心が動揺している。そして今、君が僕に触れた時、僕の内側全体が直感的に反応した。僕の心の奥底にある何かが、安らぎと心地よさを体験しているように感じた。君に不快な思いをさせていなければいいんだけど……」

最後の一言を口にしたとき、彼は自分が彼女に不快感を与えていないことを知った。それどころか、彼女はクリームパイが温かいフォークに触れて溶けていくようだった。彼女は心の準備ができていた、そして、彼女は、おごそかさと安堵の入り混じった様子で、自分が言えなかったことを彼が言ってくれたことを喜んだ。

彼女には言葉がなかった。どうすればいいのかもわからなかった。彼が決めなければならなかった。彼女はそれが彼の手に委ねられていると感じた。

彼は彼女の目に懇願するような沈黙を見た。

「一番いいのは、今までどおり続けることだと思う。君は僕ではなく、イエス様と恋に落ちる必要がある。だから、このまま続けよう。もし神様が、僕たちが他の方法で一緒にいることをお望みなら、神様がはっきりさせてくださるだろう。それまでの間、僕は君への気持ちを無視するつもりはない。でも、神様が僕たちを導いてくださると確信している」

彼は手を伸ばし、手のひらを上に向けて彼女に差し出した。「君もそれでいい？　神様が導いてくださると信じて？」

彼女はすぐに彼の手を握った。彼の目を直視したまま、彼女はうなずいた。「ええ、大丈夫」

そして手を離す前に、彼の手を自分に引き寄せた。それは、彼が言ったことをすべて肯定する彼女なりの方法だった。

夕食を待っている間、マーティンは家でマリアにヤコブの手紙四章八節について話した。

「これ、好きでしょ！　僕たちが神様に近づくなら、神様は僕たちに近づいてくださる。僕はこの約束が大好きなんだ。神様の最も明白な最良の姿だから。神様は僕たちが神様を愛することを強要されない。しかも、僕たちが最初の一歩を踏み出すのを待っておられる。しかし、もし僕たちが神様との関係を望み、近づくための一歩を踏み出すなら、神様はそこにいてくださり、僕たちに近づいて応えてくださると約束しているんだ」

メリッサの料理と神の御言葉で満たされたおいしい夕食だった。終了間際、マーティンは翌日の寧徳への旅にマリアを誘った。

◆シーズンド・バイ・ファイヤー（火で味付けされたもの）

海の旅は危険だ。三十年にわたる船旅では、カイはようやく岸にたどり着いたとき、地面にキスしたいと思ったこともあった。しかし、船を降りるのがこれほど楽しみだったことはない。茶の苗木とともに日本に戻るため、レイヤと別れてから十六日が経っていた。人生で最も長い日々だった。カイ、ハウ、エンジの三人が農園に着いたのは朝方だった。レイヤは遠くからカイが近づいてくるのに気づいた。彼女は持っていたバスケットを落とし、できるだけ早くカイに駆け寄った。やっとの思いでカイのもとに辿り着いたレイヤは、カイの腕の中に溶け込み、そっと泣きじゃくった。

「とても会いたかった」と彼女はささやいた。

「ああ、愛しい人、会いたかった。あなたのいない私の心は病んでいました。十六日間、ずっと考えていましたが、君を妻にできることに興奮しています。主よ、無事に連れ戻してくださってありがとうございます」

「ハレルヤ、アーメン」とレイヤは付け加えた。「毎日祈り、聖書を読んでいます。カイ、最近、主をとても身近に感じています。でも、さあ、みんなと中に入りましょう」

レイヤは三人を自宅に招き、昼食を摂った。レイヤは食事の前に祈りを捧げ、カイを驚かせた。

「天のお父さま。カイと乗組員全員が無事に寧徳に戻ることを許してくださり、ありがとうございます。私たちがすることすべてにおいて、あなたに近づきたいという願いを与えてくださり、ありがとうございます。主よ、この農園をお好きなようにお使いください。私たちのすべてをあなた、あなたの御言葉、あなたの御心にゆだねます。私たちはあなたを愛し、耶蘇（イエス）の御名によってお願いします」

カイはレイヤが祈りによって示した力と献身に気づいた。彼は茶の苗木を日本に持ち帰るために出かけた時、彼女に読んで勉強するための資料を残していった。カイの出発以来、レイヤは耶蘇（イエス）との距離を縮めていた。カイの心は舞い上がっていた。

昼食では、エンジが海でのカイとの面白い話や恥ずかしい話を聞かせてくれた。レイヤはもっと聞きたいと何度も言った。婚約者のことを知るのは楽しかったし、二人の間の親密な絆を見るのは彼女の心に響いた。

エンジは「レイヤ、ごちそうになったお礼を言いたいのですが、すぐに船に戻らなければなりません。船には朝鮮へ行く荷物や、現地で受け取る商品もある。夕暮れまでに出発しなければなりません」

カイはこう付け加えた。「忘れないうちに伝えますが、兄があと十株送ってほしいと言ってました」

「はい、何人かの従業員に苗木を積ませます。それから、エンジと一緒に船に戻るのはどうですか、カイ？　私も見学したいし」

午後遅くには、彼らは苗木とともに船に到着した。カイはレイヤを船に乗せた。彼女は船に乗るのは初めてだった。船長の部屋に着くと、彼女はこう尋ねた。「寂しくならない？」

彼は周りを見回しながらうなずいた。「そうだね。でも神様が別の場所で私を呼んでおられるのだと思う。私の軌道を変えてくださったようだ。温泉に行った時、兄とこのことについて話した。信正は、神様は私たちに舵を取らせてくださることが多いけど、私たちが軌道を変える必要があるときには、舵を取り、その変更について平安を与えてくださると言っていた。そして、神様は私に平安を与えてくださった」

開け放たれた窓から吹き抜ける風が、二人を震え上がらせた。

すべての積み込みが終わると、エンジと数人の乗組員がカイ、レイヤ、ハウと一緒に船を降りた。乗船前に調達するものがいくつかあった。

角を曲がった時、突然ハウが立ち止まり、カイのシャツを摑んだ。

「やばい」。ハウはカイとエンジに聞こえるくらいの声でささやいた。「イーチェンだ」

イーチェンはすぐにカイとハウを見つけた。彼は他に三人の男を連れていた。四人が近づいてきた。

カイの最初の考えはレイヤを守ることだった。レイヤとの最初の会話で、カイ自身を農園にとどめておくのは危険だと警告したが、レイヤはそれを受け流した。今、彼が恐れていたように、その危険は二人の目の前に迫っていた。

イーチェンとその部下たちが近づいてくるので、カイは本能的にレイヤの前に出た。エンジは大きな汽笛を鳴らして、船で待っている他の男たちの注意を引いた。

「逃げるのを止めるなと忠告したのに、なぜここにいるのだ。私から逃げて、二度と私に会わないとでも思ったのか?」とイーチェンは叫んだ。

イーチェンはハウに向かって数歩歩き、ハウの真正面に立って言った。「お前もだ。東洋に留まって、二度と私と会わないとでも思ったのか?」

エンジはイーチェンに近づいた。「お前は上海に戻る方法を必死に探していた。カイは快くお前を我々の船に乗ることを許可した。彼はそんなことをする必要はなかった。お前は残りの人生をこの人に感謝して過ごすべきだ。それなのに、私の目の前で彼の命を脅かそうというのか」

ブーツの音がなり響いた。イーチェンは、カイの乗組員の多くが急速に近づいてくるのを見た。イーチェンはカイの前に下がり、誰にもわからないように小声で言った。

「今回はお前の乗組員が守ってくれたから逃げられるかもしれないが、次はそうはいかない。一人で捕まえて、何が起こるか見てみよう。そうしたら、耶蘇(イエス)がどれだけお前を守れるかもわかるだろう」

イーチェンとその部下たちはカイを見たまま後ずさった。そして、カイの船から来た男たちがようやく聞こえる距離になると、大声で笑い始めた。

「慌てなくていい。俺たちは今行くところだ。また会おう、船長」とイーチェンは言った。

エンジはカイの方を見て言った。「船長、一言言ってください、今すぐ終わらせますから」

「あいつらを行かせてやれ。多くの人がレイヤを知っている所で大事を起こさなくていい。イーチェンは彼女が誰なのか、私たちがどこにいるのか知らない。さっさと帰ろう」

「提案してもいいですか?」と、エンジが尋ねた。「みんなを船に乗せて、暗くなるまで過ごしましょう。そして、何人かで農園にお送りします。暗闇の中ならもっと安全でしょうから」

彼らが農園に戻ったのは何時間も後のことだった。暗くなるのを待っただけでなく、尾行されないように農園まで回り道を繰り返した。

「やっぱり我が家が一番」とレイヤは門をくぐった。

ちょうどその時、二人は悲鳴と大きな轟音、そしてパチパチという音を聞いた。

二人は丘を駆け上がった。丘の頂上で二人は、レイヤの家の周りを必死に走り回る人々を見た。

窓からは煙が立ち上り、屋根の大部分は炎に包まれていた。数秒のうちに、レイヤの幼い頃の家は完全に火に包まれた。

レイヤは膝をついた。カイは家を救うには手遅れだとわかっていた。燃え尽きるのを見届けるために逃げるのではなく、彼はレイヤの上にかがみ込み、彼女を抱きしめた。

カイはいつも言葉巧みだった。しかし、彼はレイヤが感じている悲しみを言葉では取り除けないことを知っていた。彼女の家は代々彼女の家族のものだった。曾祖父の代からレイヤの家族が住んでいた場所だった。ちょうど十年前、彼女の母親が亡くなり、その家と農園が残された。

二人は丘の上に一緒に座り、カイはレイヤを抱き寄せ、遠くから火を眺めていた。

カイが言った。「レイヤ……、南の巻物を勉強していた時のことを覚えているかい」。僕たちの情熱、行動、冒険、忠誠心は狭い門に入ることから生まれるんだ。しかし、その門は難しい道にある？

彼女はうなずいた。

「その巻物の最後の聖句は、道が最も困難なときに、神様の恵みに信頼する方法を教えている。第八項の南の巻物の聖句によれば、私たちは簡単に割れる粘土の壷にすぎないと述べている。神様がすべてを凌駕する力を持つお方であることを忘れないように。そして、耶蘇様は、喜びの祝福の流れの中で生きる方法を述べておられる。それらは巻物に描かれた第一項~第八項にある。しかし、耶蘇様の最も驚くべき教えは第八項にある、それは耶蘇様の最後の言葉であり、義のために迫害されるとき、私たちは天の御国で祝福される、という言葉だ。

この聖句は、私たちが、君のお茶のように火によって味付けされつつある、このような時のためにあるんだ。ほとんどの基督教徒は、このような試練を受けることはない。しかし、もし私たちが迫害によって試され、打ち砕かれたとしても、この聖句は、私たちが四方八方から強く迫られても、打ち砕かれることはなく、当惑しても絶望することはなく、迫害されても見捨てられることはなく、打ち倒されても滅ぼされることはないことを示しているんだ」

「愛しい人よ」。カイはレイヤの頬をなで、優しく涙をそっと拭った。「私たちは、神様が今、火の熱の中で私たちに恵みを注いでくださっていることを信じることができる。そして、その炎が終わったとき、神様は私たちのために、そして神様のために、このことを益として働かせてくださるはずだ」

レイヤは流れる涙の中で顔を上げ、こう言った。「信じます。本当に悲しいけど、信じます」

彼らが燃えた家のところに降りると、ハウは彼らに言った、「家が燃え上がった直後、三人の男が馬に乗って農園を出て寧徳に向かうのを見た人がいる。イーチェンに間違いない。彼は警告を与えるために何度もこのようなことをしている。彼は港で私たちと一緒にレイヤを見た。そして、町の誰かが、レイヤの居場所を教えたに違いない」

その夜、レイヤはカイと一緒に茶室に泊まった。彼女はカイが以前に言及した聖書の一節を読み、平安を得た。彼女はすぐに眠りについた。

彼女が眠っている間、カイはレイヤのために祈った。神が彼女にさらなる恵みを注いでくださるように。他の人ならこの状況下で打ちひしがれていただろうが、レイヤはその夜、平安を見出した。現実の迫害の中で、神はすでに御言葉をもたらし、彼女は神の恵みを見出していた。カイもまた、二人が夫婦として御国で永遠に生きられるよう、神に祝福を祈った。そしてカイも安らかに眠った。

翌日、レイヤは興奮して目を覚ました。彼女が目覚めた時、カイはまだうとうとしていた。

「カイ、話があるの。神様が話してくださったの。夢で見たんです。神様の御業に違いない。私にはわかるの。それ以外に起こりようがないんです」

カイは肘をついて寝ぼけた頭をすっきりさせた。

「神様は私たち二人がこの農園にいることを望んでおられると思う。そして、私たちはここに家を建てる必要がある。家族の過去は私にとって大切なものですが、本当の将来が始まるのは今からです。これはあなたと、私、つまり私たち家族の将来です。私たちの家族は、耶蘇様と福音を分かち合うことを中心にする。そのために、あなたと巻物が必要なのです」

「続けて。愛しい人」レイヤがしばらく黙り込んだ後、カイが言った。

レイヤは続けた「カイ、この農園はこれからずっとあなたの家です。私たちの子孫は何世代にもわたってここに住むでしょう。でも、あなたは留守にすることが多くなる。神様は、あなたこそ東洋全域で福音を伝え、行く先々で聖書を学ぶ茶室の巻物伝道法を教えるために、神さまが選ばれた人だとおっしゃいました」

レイヤの顔から興奮が消えた。彼女の声は小さくなった。「でも、まだあるんです」

カイは彼女の手を取ろうと手を伸ばした。

「昨夜の迫害は始まりにすぎません」。レイヤは彼に言った。「神様は、私たちのどちらにも理解できないことが起こると言われた。しかし、何が起ころうとも、あなたは神様に召されたことに忠実でなければなりません。東洋の基督教は、他の人々を耶蘇（イエス）様に導くことに忠実であり続けようとするあなたの意志にかかっているのです」

レイヤもカイもしばらくの間黙っていた。

そして、カイが口を開けた。「ちょっと不吉な感じだね。他にもっと何かあったの？　私がこの使命から外れるようなことが起こるとか？」

レイヤは話す前に咳払いをした。「他の人を耶蘇（イエス）様に導くのは、あなたの名声や繁栄ではないわ、カイ」彼女は続けた。

「人々が耶蘇（イエス）様に従うのは、あなたの人生がいかに素晴らしいか、あるいはあなたの父親が誰であったかという理由ではない。その代わり、私の夢は、あなたが他のどんな人も打ちのめされるようなことを経験することを教えてくれたの。どんなことを経験しようとも、どんなに炎に包まれようとも、あなたは基督にあって前進しなければならない。主は火であなたを試され、それを乗り越えさせてくださる。何度も」

「あなたの痛み、苦しみ、福音のために邁進し続ける意志は、パウロのように、あなたが東洋で本当に神様の真理を担っていることを他の人々に示すしるしとなることでしょう」

カイは天井を見上げた。昨夜、彼は祈った。これがその祈りの答えなのだろうか？

「わからない」と彼は言った。「本当にそれは、神様からの夢なのか？　敵からの悪夢かもしれない。私はあなたを疑っているわけではないけれど、思ったことを言っただけ。私たちは霊を試すように言われている。すべてを信じるのではなく、聖句を調べて神様のみことばと一致しているかどうかを確かめよう」

カイは長いあごひげをしばらくなでた。「でも、今話しながら考えてみると、あなたの言っていることは神様のみことばと一致している。あなたが言ったように、パウロは何度も死にかけ、殴られ、投獄され、石打ちされ、衣食住の不足にも耐えた。すべては福音のために。そして、彼はその間ずっと喜びを感じていたのです！」

「もう一つあります」とレイヤはそっと付け加えた。「私は、神様がその夢を実現させてくださると信じています。神様は私に家に戻れと言われた。家の残骸の中から何かを見つけるだろうと。そして、すべての一部となる何かがそこにある」

「それは何？」カイが尋ねた。

「わからない。でも、それを見つけたらわかると信じている。主が最後に教えてくれたのは、私たちが見つけるものの目的だった。私たちの一族、織田一族の後世への印となり、私たちがつまずきながらも、十字架を背負って、日本に戻るまでの道のりを進み続けなければならない理由を思い出させてくれる。それは崇拝されるようなものではなく、ただ日本に対する神様の変わらぬ愛の証なのです」

「日本？」

「私にはわからない、カイ。私はただ神様が私に言われたことを繰り返しているだけです」

「わかった」とカイは言った。「では、君の家に行って見て回ろう。私たちは神様に信頼を置いているのだから」

瓦礫はまだところどころくすぶっていて、火傷の危険なしに見回るの難しかった。しばらく周辺を探したが、目に留まるものはなかった。翌日また来ることにした。レイヤは仕事に行き、カイは次の講座の準備のために茶室に戻った。


カイは目を開けた。一瞬うとうとし、眠りと覚醒の間の夢のような状態で、その物体を見たのだ。彼は飛び起き、茶室の戸から飛び出した。何人かの労働者が、作業を止めて、カイが農園を横切って疾走するのを見た。

レイヤ、ハウ、そして他の労働者たちは、建物の前で茶苗の出荷について話し合っていた。カイが焼けただれた瓦礫に向かって疾走するのを見て、彼女は振り向いた。レイヤは我慢できず、走って家の跡に行った。

カイは自信満々にくすぶる残り火を踏み越えた。彼は探しているものだけでなく、それがどこにあるかも知っていた。それは、彼女の寝室だった。カイは彼女の寝室があったと思われる隅に行った。

「寝室はここにあったんだよね？　この巨大な岩は家のすぐ裏、寝室の角だったんだよね？」と尋ねた。

レイヤは確認した。彼女は奥の壁を指差し、岩の側面が見える窓がある場所、寝台があった場所、寝台のどちら側に眠っていたか彼に説明した。

カイは灰の中に膝をついた。灰や一部燃えたものをかき集め始めた。平らで幅の広い瓶に手をかけるまで、そう時間はかからなかった。レイヤはそれを寝台横の机の下に置いていた。カイはレイヤの寝室に入ったことがなかったので、それを見たことがなかった。それでも彼はそれを探す場所を正確に知っていた。彼は焼け跡からその瓶を取り出し、くすぶった焼け跡から歩き出した。

「それは私の宝石入れだわ！」

カイは中身を地面に空けた。

「なんてこと！」彼女は叫んだ。レイヤは息を呑み、カイの隣に膝をついた。

カイはそれを拾い上げた。それは温かみのある金塊だった。直径十二センチ、厚さ〇・五センチの丸く平らなものだった。完全な滑らかさではなかった。火が完全に溶けるほど熱く、長く燃えていなかったからだ。いくつかの破片が確認でき、金メダルに溶けた宝石もいくつかあった。

カイが言った。「これらは君にとって大切なものだったに違いない」

「この宝石は代々私の家宝なのです」レイヤはささやいた。「これを見て。これは祖母の結婚指輪よ」

「そして、これは……」まだ溶けきっていないチェーンを指して、「私の曾祖母のもの。母方の家系では、どの母親も末娘が女になったときにこれを贈った。私は母の末娘だったから、末娘に受け継がせるためにもらったのよ」

カイは言った。「これが今朝私たちが探していたものだね？」

レイヤは言葉が出なかった。彼女は涙を流しながら、「ええ」とうなずいた。

「悲しいことだね、レイヤ」とカイは言った。

レイヤは深く息を吸い込んだ。「私は悲しんで泣いているのではありません。とにかく、完全ではない。この喪失感は悲しい。でも同時に、私たちの人生に神様の御手を感じて泣いているのよ、カイ。こんなの今までの人生とは違う。すべてが新しい。そして現実。私たちは何を経験しているの、カイ？」

「神様は何らかの理由で私たちに油を注いでくださっている。神様は私たちが神様のために仕える必要があることを知っておられ、私たちが神様に従うと判断しておられるに違いない。責任重大だよね」

彼女は彼の手を握りしめ、昨日のフレーズを繰り返した。「信じます」

◇どうしても聞いておきたい質問

翌朝、フーはすでに茶室でマリアを待っていた。

マリアが席に着くと、フーは昨日と同じように茶道を始めた。しかし今回は、茶道の歴史を説明し、カトリックの聖餐の儀式からいかに多くの動作が取り入れられたかを示した。日本のキリスト教徒は聖餐を密かに拝領するために茶道を発展させたのだ。

そしてフーは教えを始めた。「私たちは南の巻物、ポイント一にいます……」

マリアが口を挟んだ。「フーさん、その前に聞いてもいいですか?」

「ええ、もちろんです。私の娘」

マリアは「私の娘」という響きが好きだった。しかし、彼女は、どうしても聞いておきたい熱い質問を続けた。

「ペンダントのことを知りたいのです。本物のペンダントがあると知る前に、夢の中で見ました。そして、その翌日、セバスチャンの首にかかっているのを見たの。すぐにここのつながりを感じました。その後、夢は続いたので、私は怖くなった。今はここに戻ってきたけど、ここの歴史には何か神秘的なものがあるような気がするのです。レイヤとは誰なのか? ペンダントの意味は? 知っていることを教えてくれませんか?」

フーは彼女を見て微笑んだ。フーは体重を移動させ、一族が受け継いできた「遺産」を守るような態度をとった。

「そう、ここには歴史がある。私はあなたのためにいくつかの空白を埋めることができる。でも、私たちが知らないことがたくさんあるから、がっかりするかもしれない」

「レイヤから始めよう。彼女はあなたが好きになる女性だ。彼女は強く、独立心が強く、背は小さく、心は大きく、美しく、男に関しては目が肥えていた。自分を対等に扱ってくれる男性が見つからなければ、彼女は決して結婚しなかった。このような態度は、西洋では今日当たり前だが、十七世紀の中国では前代未聞だった」

「レイヤは私の先祖である織田信長の息子、織田カイと恋に落ちた。カイはレイヤが男性に求めるすべてを備えていた。カイはクリスチャンでもあった。彼の兄は、『茶室の巻物』と呼ばれる東洋独自の聖書の学び方を開発した。

しかし、キリスト教は中国では人気がなく、中国からキリスト教を締め出そうとした何者かが、レイヤの家を焼いた。瓦礫の中から、レイヤの金の宝石箱が溶けたメダルが見つかった。カイはそれを八つに切り分け、東洋全土で聖書を教えることを決意した。ペンダントを一つここに残し、一つを日本に持ち帰り、他の六つは六か国にペンダントとして持ち込むつもりだった。それぞれの国で、最初の茶室が始まった家族がペンダントを守り、代々受け継ぎ、歴史のある時点で日本に持ち帰って、そこで他のペンダントと合わせることになっていた。それが計画だった」

マリアは興奮気味に尋ねた。「レプリカじゃなくて、本物の中国のペンダントを見られますか?」

フーは考え込んでいた。「ここでこの話は破綻しているんだ。なぜなら、私たちは、それがどこにあるのかわからない。私たちが知っている限りでは、一八〇〇年代初頭まで、レイヤの墓の中かその近くに大切に保存されていた。その頃、迫害者たちが農園を襲撃し、ペンダントの在り処を知る三世代を皆殺しにした。それを知った青森の織田一族が農園を引き継いだが、ペンダントは発見されなかった。まだ地中にあるかもしれないし、盗まれて金の値打ちで売られたかもしれない」

「でも、きっと見つける方法があるはずでしょう？　墓がどこにあるかご存知ですか？」

マリアは好奇心を刺激され、ペンダントを探したくなった。マリアは、このことが個人的な家族の問題であることは理解していたが、その問題を追及せずにはいられなかった。

「それがよくわからない。大体の場所はわかっているのだが。そこは、この二百年間、何度も何度も探されてきた所なんだ」

「他に何かわかっていることは？」マリアは探偵のように質問をした。夢が彼女の人生の一部になり、質問をすべきだと考えた。

「保存されていた記録メモがある。それらは、一八〇〇年代の大虐殺を生き延びた。でも、残念ながら役に立たないようだ。どちらかというと、もっと不可解なものとなっている」

「そのメモを見せてもらえますか？」

フーは微笑んだ。「おそらくね。祈って、神様に委ねます。主が教えてくれるでしょう」

マリアはフーを不快にさせるほど追い詰めたことに気づいた。

「ごめんなさい、フーさん、あなたの家庭のことを詮索してしまって。そして、話をそらしてしまいました。教えを続けてください」

「気にしないで、まず昨日話したことを復習しよう。あなたは狭き門、霊的な変革を求めている。

覚えておいてください、マリア、あなたの人生における最大の追求は霊的なものでなければならない。金のペンダントを見つけ、理解することは一面では満足するかもしれないが、喜びは物理的な金では得られず、霊的な金でしか得られないのです。狭き門を見つけるために渇きを向け、そして、その門の向こう側にある人生を心から追い求める。そうすれば、ほとんどの人が決して見出せないものを見つけることができるのだ。イエス様が『豊かな命』という喜びを、詩篇の作者が『あなたの力』という喜びを。立って、昨日話した小さな巻物を読んでください。次に学ぶ聖句はポイント一です。その巻物には何と書いてありますか?」

マリアは立ち上がり、巻物の中の小さな巻物を目を細めた。「『R-O-M8, colon, 9 dash 17.』って書いてあるわ」

「素晴らしい。これが聖書です、これからはあなたのものです。読むべきページを開いています。声に出して読んでみてください」

マリアは聖書を手にした。何か変な気がした。彼女は聖書を持った記憶も、持ちたいと思ったこともなかった。フーが聖書を手渡したときでさえ、彼女は聖書を持ちたいとは思わなかったし、ましてや自分の聖書を持つなど考えられなかった。しかし今、聖書を手にすると何かが変わった。呼吸がゆっくりになり、心が落ち着いた。彼女は守りたい平穏と、望めば守れるという確信を得た。

マリアはクッションに座り直し、開かれたページに指を入れ、聖書を閉じた。彼女は表紙に触れ、その上に手を置いた。彼女の魂は、まるで湯船に沈むように、聖書とつながった。彼女は指を抜き、聖書を閉じ、胸の前に掲げた。聖書を抱きしめて泣き始めた。

フーは彼女の反応を見ていたが、口を挟まなかった。彼は何が起こっているのか知っていた。神のみことばはイエスだ。物理的には、一五〇〇年の間に四十人の男たちによって書かれた本だ。感情的には避難所である。精神的には知的な挑戦である。しかし、霊的にはイエス・キリストである。その証拠となるテキストは、マリアが読んだこともフーが読み聞かせたこともないローマ書の中心的な一節である。彼女はこの事実を知らなかったが、その必要はなかった。彼女は現実を肌で感じていた。

マリアはドイツ人の頬骨に涙を流しながらフーを見上げた。彼の目を見て、彼女は聖書を掲げてキスをした。彼女は理解できない、言葉にできない何かを彼に伝えようとしていた。

フーはただ微笑んだ。「娘よ、わかっている。そして恋の物語は始まったばかりだ」

フーの言葉が彼女の心の琴線に触れた。彼女はティッシュで目を拭きながら言った。「フー、お願いです。もっと知りたい。今ちらっと見ただけ。もっと知りたいの」

フーはマリアの聖書を指差した。「もう一度場所を探すのを手伝うから、声に出して読んでみて」

「しかし、もし神の御霊があなたがたのうちに住んでおられるなら、あなたがたは肉のうちにではなく、御霊のうちにいるのです。もし、キリストの御霊を持っていない人がいれば、その人はキリストのものではありません。キリストがあなたがたのうちにおられるなら、からだは罪のゆえに死んでいても、御霊が義のゆえにいのちとなっています。イエスを死者の中からよみがえらせた方の御霊が、あなたがたのうちに住んでおられるなら、キリストを死者の中からよみがえらせた方は、あなたがたのうちに住んでおられるご自分の御霊によって、あなたがたの死ぬべきからだも生かしてくださいます。

ですから、兄弟たちよ、私たちには義務があります。肉に従って生きなければならないという、肉に対する義務ではありません。もし肉に従って生きるなら、あなたがたは死ぬことになります。しかし、もし御霊によってからだの行いを殺すなら、あなたがたは生きます。神の御霊に導かれる人はみな、神の子どもです。あなたがたは、人を再び恐怖に陥れる、奴隷の霊を受けたのではなく、子とする御霊を受けたのです。この御霊によって、私たちは「アバ、父」と叫びます。御霊ご自身が、私たちの霊とともに、私たちが神の子どもであることを証ししてくださいます。子どもであるなら、相続人でもあります。私たちはキリストと、栄光をともに受けるために苦難をともにしているのですから、神の相続人であり、キリストとともに共同相続人なのです」（ローマ8章9―17）

フーは聖書の言葉を読み終えると、こう続けた。「人間は生物界の中でもユニークな立場だ。私たちには意識的な選択がある。昨日述べたように、私たちが持つ選択の一つは、どの門をくぐるかである。今日、私たちは、この選択によって神様の霊が私たちの内に住むかどうかが決まることを知る。この聖句は、私たちの選択を、肉に生きるか神様の霊に生きるかと問うている。肉に生きるとは、自分を喜ばせるために生きるという婉曲表現である。御霊に生きるとは、神様の御霊を喜ばせるために生きるということです」

「クリスチャンはルールのリストに従うように言われていると思っている人がいる。しかし、イエス様はそんなことは言っていない。私たちには選択肢が与えられている。そして、その選択とともに、イエス様が示唆する道について十分な助言を与えてくださる。この聖句によれば、利己的な生き方は一時的には気分が良いが、それは『奴隷』につながる。代わりに、御霊に生きることは命につながる。それはあなたが知る喜びである。実際、あなたはその喜びを得たばかりだ。神様の恵みがあなたを覆い、神様の愛の流れの中にいることがどのような感覚なのかを経験したのだ。クリスチャンがその喜びの中に生きることを実践するには、少し時間がかかるかもしれない。しかし、私たちが神様の喜び、方法、意志を真剣に求めているのを見ると、神様は私たちに近づき、神様の喜びで満たしてくださるのです」

フーはこの聖句についてマリアに教え続けた。やがてフーはマリアに質問した。彼は、その言葉、「神の子とする御霊を受け入れる」を示し、それを受け入れたいかと尋ねた。

マリアは静かに座っていた。マリアはすぐに肯定的に考えた。彼女は最高の愛を経験したばかりで、もっと望んでいた。しかし、神の子とする御霊を受け入れるというのは、奇妙な、ほとんど不気味な響きだった。

彼女はしばらくの間じっと座って、心の中でいろいろと考えた。怯えた少女のような気持ちになり疲れていた。彼女は自分の人生から何かが欠落しているはずだと思いながら中国に来た。空虚で、満たされない、曇り空のような日々が何年も続き、フラストレーションが溜まっていた。彼女の全身全霊は、「はい。それを是非受け入れたい！」と叫んでいた。しかし、意思決定の時に近づくたびに彼女は怖くなり、後ずさりしていた。

さらに彼女は、これは不気味でもカルトでもないと考えた。これはイエスの言葉であって、フーの言葉でも、彼の先祖の言葉でも、街角の誰かの言葉でもない。彼女は、「そうしなければならない、とか、さもなければ」と言われることが好きではなかった。以前のように、彼女は自由に断ることができた。しかし、彼女は直感的に、これが正しく、温かく、愛情深く、親切で、自由な選択であることを知っていた。

彼女は創造主たる神の子になることを求められることは理にかなっていると思ったが、フランクフルトの路上で暮らすホームレスのように、彼女は完全に孤独だとは感じたことはなかった。また、彼女はいつも、本当に困ったときは最も力のある神に助けを求めるとも言っていた。

フーは、彼女がすべてを頭の中で処理をしようとして沈黙していると感じたので、最後にこう言った。「マリア、イエス様はあなたにご自分を押し付けることはされない。この地上でのミニストリーでそのようなことはされなかったし、今もあなたに対してそのようなことはされない。神様は、あなたをとても愛しておられる、そして、あなたが神様の民の一員になりたいかどうか、神様の子になりたいかどうかを決める自由意志を与えておられる。今、それを望むか、それとももっと……」

「はい」。マリアが口を挟んだ。「何よりも。できるだけイエス様に近づきたいの」

「それなら、自分のために祈る必要があるよ」

フーはマリアの顔に当惑があるのを見て、こう続けた。「魔法の祈りというものはありません。ただ、あなた自身が神様に尋ねなければならないのです。神様は誠実な信仰者の祈りに答えてくださいます。今回、私はあなたを助けることができますが、あなた自身で同じようなことを祈り続ける必要があります。主があなたを、主が望まれる子に変えてくださるよう、頻繁に祈り続けるのです」

「目を閉じて、私の後に繰り返してください。

天の父よ、宇宙そして私を創造してくださった神様として、私を娘として迎えてください。私を憐れんでください。私は、これまで自分自身が神であり、主として、あなたを無視して生きてきました。無知ゆえに、あなたが私に望んでいることから外れて生きてきました。私は今、心を入れ替えます。そして、私の生きる道をキリストの道に変えてくださるようお願いします。この聖句にあるように、私は肉によって生きるのではなく、御霊によって生きたいのです。私は神の子となる御霊を受け入れます、私の意志ではなく、あなたの意志のままに生きるために。私は毎日を、できるだけあなたに近づいて成長したいと思います。神様、私は神の子となる御霊を受けたあなたの娘として、すべてをあなたにゆだねます。あなたが私を変えてくださいますように、あなたが私をあなたが望むような娘に変えてくださいますように、お願いします。アーメン」

マリアは微笑みながら目を開け、涙が頬を伝った。フーは両腕を広げ、マリアは彼の胸に両手を回した。彼女は心地よく、正しく、安心し、慰められた。マリアは、自分の人生を変える決心をしたのだと思った。


その後、マリアはマーティンと車に乗っていたとき、キリストの霊を受けるために祈り、自分を神の子としてくださるよう神様に願ったことを話した。

マーティンは彼女の決心に興奮した。

二人はその日、いろいろな用事を済ませながら何時間も話をした。マーティンはイエスについてあたかも親友のように語った。道ですれ違う人々のために祈ったり、店で人々を助けたり、どの店員にも親切に話しかけた。彼は自分の信仰をオープンにして、初めての知らない店員にも「ありがとう。イエス様を賛美します！」と話しかけた。クリスチャンの少ない町では、彼は場違いな存在に思えた。しかし、誰もが彼を気に入っているようだった。誰も否定的な反応を示さず、それどころか、彼は彼らの一日を明るくしているようだった。マーティンの信仰は彼の人生そのものだった。彼は神に引き寄せられ、人々は彼に引き寄せられた。マリアはそれを魅力的だと認めざるを得なかった。

やがて午後になり、マリアとマーティンは港に車を停め、ビーチ沿いを裸足で歩いていた。マーティンは質問した。

「これからの人生で何をしたい？」

マリアは振り返り、海の向こうを見つめた。「わからないわ。キャンプ場でのたった三日間で、多くのことが変わった。今まで考えたこともなかったようなことがたくさんある。一つだけ言えるのは、行方不明のペンダントを見つけたいということ。今日、あなたのお父さんにそのことを話したんだ。なかなか忘れられないの」

マリアは振り返ってマーティンの方を見た。「あなたはどう？　あなたは何をしたいの？」

「今後の人生を、他の人にイエス様を紹介することに費やしたいと考えている」。彼は興奮気味に言った。「今朝、君が、僕の父と一緒に祈っていた時の気持ち、覚えているでしょう？　僕は、他の人たちを君と同じ体験に導くことを続けたいんだ。それは、彼らが一生覚えていることだ」

マリアは笑って、遊び半分に彼の肩を叩いた。「私はただ、なくなった宝石についての謎を解きたいと言っただけなのに、あなたはもっと高尚で価値ある答えをくれたわ。マーティン、あなたが神様に対して抱いているのと同じ興奮を、私はどうしたら見つけられるの？」

「たぶん、それらは関連していると思う。でも答えは、聖書にできるだけ多くの時間を費やすことだと思う」とマーティンは彼女に言った。

「聖書にはこう書いてある」と彼は続けた。彼は石を拾い上げ、湾の水面をスキップさせた。「信仰は聞くこと、キリストの言葉によって聞くことによって生じると書いてある。それがイエス様との親密さを築く方法であり、イエス様の教えのトップ五に入るんだ」

「覚えておくわ」。マリアは答えた。

ビーチを五〇メートルほど歩いて、マリアは沈黙を破った。

「親密さといえば」と彼女は言った。「恋人はいるの？　それとも付き合っている人はいるの？」

「デートは一年以上していない。農園を離れることが少ないんだと思う」と彼は答えた。

「どうして？」マリアは質問した。

「農園は、僕が結婚する女性にとって重要な役割を果たすといつも信じてきた。それは僕の家族の歴史の中で繰り返されてきたことだ。母がキャンプ旅行に来た時、父はキャンプ場で働いていた。それが二人の出会いだった。巻物や茶室が農園の一部となった当初にさかのぼると、農園で始まった関係は、生涯続く結婚につながるんだ」

「私たちは農園で出会ったのよ」。マリアは冗談を言った。

マーティンは笑った。「でも、君はどうなの？　君の人生に特別な人はいるの？」

「いないわ」とマリアは断言した。「あなたとあなたのお父さんだけ」

二人はマーティンの車に向かってビーチを戻りながら、声を上げて笑った。マーティンは歩きながら、ゆっくりとマリアに近づき始めた。二人の手が触れ、彼は彼女の手に手を伸ばした。手をつないだことが問題ないことを確認しながら、彼は歩き続けながら彼女を見た。彼女は彼に近づき、肩と肩が触れ合い、彼に頭を傾けた。

◆偉大なる統一者、再び日本へ

数か月のうちに、カイとレイヤは結婚し、新居は茶室から歩いてすぐのところに完成して、農園はその年の繁忙期を迎えていた。何人かの新しい労働者が農園に移ってきただけでなく、耶蘇（イエス）に人生を委ね、茶室の巻物を通して聖書を学ぶ者も増えていた。

イーチェンとその部下たちからの問題もなくなった。カイとレイヤは、誰に知られるかもしれないと恐れることなく、定期的に寧徳に出かけるようにさえなった。農園はもはや、仕事や人生の新たな出発のために行く場所としてしか知られていなかった。村の人々は茶屋のことを聞きつけ、巻物から学ぼうと農園を訪れた。

ある日の午後、カイとレイヤが午後の散歩を終えた頃、労働者の一人がレイヤを大声で呼ぶ声が聞こえた。カイの心は沈んだ。彼はハウが家に火をつけられて叫んでいた夜のことをすぐに思い出した。カイが身構えた時、大声で叫んでいる労働者が視界に入った。

「レイヤ！」その若者は興奮して叫んだ。「早く来てください。あなたを探していたのです」

「どうしたのですか？」レイヤは答えた。

「あなたのお姉さんのジュウが来て、あなたに会うのを待っています」

レイヤは興奮しながら振り返ってカイを見た。彼女は五年以上姉に会っていなかった。

レイヤと姉のジュウが似ているのは明らかだった。同じ頰骨、三つ編みの髪、すぐに笑い、豊かな知性を備えていた。幼い頃から二人は仲が良かった。自立への欲求が強く、何でも自分で学ぼうとした、そして、すべてを自分たちで経験し、すべてを自分の力で成し遂げようとした。

二人とも達成することに駆り立てられていた。カイはレイヤが農園を切り盛りする姿に、レイヤの意欲を見てきた。そして今、彼はジュウにもそれを見ることができた。もしレイヤが別のビジネス、輸出入ビジネスに夢中になっていたら、ジュウは農園を引き継いでいたかもしれない。カイはジュウと東洋各地の港でお互いが知り合いの人たちについて話をするのが楽しみだった。ジュウは世界中を旅し、大金を稼いでいた。

「ボルネオに住んで五年になる。恋に落ちたと思って行ったんだけど、うまくいかなかった。年をとって、自分の故郷に帰ろうと考えているの。驚かれるかもしれないけど、レイヤ、農園に戻ろうと思う。農園を切り盛りするのはあなたよ、レイヤ。ここはあなたのものよ。でも、私にも手伝えることがあるかもしれない。あなたのために新しい市場を開拓できるかもしれない」

ジュウは結婚したことがなかった。魅力的で聡明な女性で、いつも自分で道を切り開いてきた彼女は、結婚についてはレイヤと同じ考えを持っていた。彼女は自分を対等に愛してくれる男性を求めていた。自分が正しいと信じるものを見つけられなければ、男なしで生きていくことに満足していた。

「農園の経営はどうなの？」彼女たちが焚火の近くに座った時にジュウが妹に訊ねた。

「なんとかやっています」。レイヤは答えた。「そう、農園を維持するためにはお金が必要だ。それでもここ数年、私は農園を利用して労働者たちに新しい生活を提供することに重点を置いてきた。この農園がなければ、多くの人々が行き場を失っていたと思う」

レイヤはお茶を一口飲んだ。

「労働者に快適な場所を提供できる限り、農園は成功したとみなしています」と、レイヤは続けた。

「わかったわ」。ジュウが口を挟んだ。「あなたはお母さんそっくりになった。他人の幸福は常に自分の利益よりも優先する。それでも、もしあなたがもっと利益を上げ、農園を拡大し、さらに多くの人々を助けることができるとしたら？　そうしたいと思う？」

ジュウは黙って、カイとレイヤを見た。

「一体何を考えているの？」レイヤが尋ねた。

「高山植物があるでしょう？　それを特産のお茶として売り出したらどう？」

ジュウは前かがみになり、膝の上に肘を置いた。「味は独特の神々しさがあるけど、特産品と銘打って売り出したことはないよね。今まで火入れ茶に集中してきたけど、あの高山植物のお茶は、市場には出回っていないとてもおいしいお茶。レイヤ、五倍の値段を付けても売れるかもよ」

「ハウにもっと責任を持たせる方法をずっと探していたのよ」。レイヤはカイに顔を向けながら言った。「彼はすでに農園の運営全体を理解しているわ。彼をこの計画の責任者として、ジュウと共に仕事をするのがいいかもしれない」

ジュウとハウがこの新製品の需要と利益を拡大するのに時間はかからなかった。利益の増加に伴い、彼らは隣接する土地を購入し、新しい農園を開発した。

農園はここ数年で最も多くの収入を得ていただけではなく、茶室で巻物を学ぶ労働者の数も増え続けた。

カイとレイヤは夫婦として、神に仕える男と女として、そして親として成長した。息子のチンギスはレイヤの薄い眉、頬のえくぼ、そしてカイが母方の家系から受け継いだ長いあごを持っていた。人生は満ち足りた素晴らしいものだった。

しかし、カイは変化の風が吹いていることを気づいていた。この甘く満ち足りた生活は、カイの夢に神が描かれていたものとは違っていた。信正もまた、カイが清に来るずっと前に、神がカイに特別な油注ぎをされたと信じていると話していた。信正はこう言った。「誰もが等しく犠牲を払うことを求められるわけではない。弟よ、お前には他の人より多くの犠牲があるかもしれない」と。

「私が今から話をする数分の間、目を閉じて聞いて」とカイはレイヤに告げた。

「君の妊娠二か月目か三か月目の時に、神様が私の心に何かを語り始めた。主は、私たち家族に与えられた使命を思い出させてくれた。それは農園の枠をはるかに超えて、福音と茶室の巻物を多くの人々に分かち合うことだ」と言って、カイはレイヤの手に八つの首飾りを置いた。それぞれの上部には、首飾りにするための紐を通す穴が開いていた。

レイヤは目を開けた。「とてもきれいね、カイ。どうやって手に入れたの？」

彼が答える前に、レイヤは言った！「これは私の宝石？」

「そう、君の家が燃えた後に見つけた、宝石が溶けてできた円盤を切り出して、作ったんだ。この農園を祝福してくれたお茶のように、この首飾りも火によって味付けされているんだ。

首飾りは八つあり、それぞれが私たち家族が福音の説き明かしを伝える場所を表している。一つはここ清、一つは温泉のある日本、残りの六つは神様が私を導かれる場所に広めていく。最終的には、おそらく私が死んだずっと後に、この八つの首飾りは、このすべてが始まった場所であり、父の『遺産』が残る場所であり、神様が兄に東洋独自の聖書の学び方を与えてくださった場所である、日本で再び結ばれることになると思う。

私の父、織田信長は、日本の歴史上類を見ないほど日本を統一したことから、史上最高のサムライとして知られている。これは良いことだった。しかし、神様は織田の名に、さらに偉大な『遺産』をお与えになる。私たち一族の使命は、基督の元で日本を再び統一することなのです」

レイヤはいくつかの首飾りを確認した。「なるほど！　切り方が複雑だから、一つの方法でしか元に戻らないのね」

カイがうなずくと、レイヤは八つの部分を正しい順番で隣り合わせに並べ、再び円盤状にした。

「これが統一を意味するの？」

「そうだよ、レイヤ。神様は耶蘇(イエス)様が日本に帰ってこられることを望んでおられると思う。私たちは耶蘇(イエス)様を追い出し、多くのキリシタンを殺害した。聖書にある、耶蘇(イエス)様のぶどう園と農夫のたとえ話と同じだ。しかし、神様は必ず赦してくださり、先祖の行いの責任を私たちに問うことはない。日本の人々を心から愛しておられるから。

いつか、神様のタイミングで、日本の人々は創造主のもとに戻る道を見つけるだろう。私はそれが早く来ることを祈っているが、御心は天で行われるように地でも行われる。主は私たちが必要とするもの以上はお与えにならない。そして今、主は私に東洋の六か国で福音を宣べ伝えるようにと言われた。そして、私は、『主よ、私を遣わしてください』と応えた」

◇ここのどこかにある

それからの一週間はあっという間だった。朝はフーと茶室で過ごし、南の巻物を学んだ。午後と夜は、マリアはマーティンと一緒に過ごした。フーからイエスと聖書について学んだのと同じように、マリアはマーティンからも学んだ。

「これからどうするの?」マリアはフーに尋ねた。前日の朝、二人は南の巻物を読み終え、最後のポイントを終えた。マリアはその朝起きて、農園にいる時から毎日しているように茶室に向かった。この数週間、それが日課になっていた。朝、目覚まし時計が鳴る数分前に、マリアはすでに目覚めていた。

「これから、どうしたい?」と、フーは彼女に尋ねた。

マリアは、茶室の外の焚き火台のフーの隣の切り株の上に座っていた。毎朝、二人は茶室に入る前に小さな火を囲んで過ごしていた。

「ペンダントについての昔のメモのことに立ち入りたくなかったけど、少し前にそのことを尋ねたら、あなたは『そうかもしれない』と言いましたね。またその話を持ち出すのは申し訳ないですが、あなたの質問に正直に答えると、私が次にしたいことは、行方不明のペンダントを調査することなんです。もう一度聞くのは筋違いでしょうか?」

「そのことについて、神様に知恵を求めて祈っています。まだ確証は得られていないですが、神様が答えをくださると信じています」

「まあ、とりあえず、このまま終わらせたくないんです」とマリアは言った。

フーは満面の笑みを浮かべて聞いた。「あなたがクリスチャンとしてフランクフルトに戻る特別な理由があるかどうか、神様に尋ねましたか?」

「いいえ、まだ聞いていません」とマリアは告白した。「クリスチャンとしてフランクフルトに戻るということがどういうことなのか、考えたことは、まだありません。ここ以外の場所について考えていませんでした」

フーは「二人で祈り、次のステップについて神様の導きを求めましょう。聖書には、知恵を求めるなら尋ねなさい、そうすれば主はそれを与えてくださると書いてある。だから、二、三日このことについて祈りましょう」

マリアは頭を横に傾けてフーを見た。「そのアイデアはいいですね」。彼女は微笑みながら言った。

その夜、マリアはパジャマに着替え、ベッドに横になった。そして、神に次のステップを明らかにしてくださるように祈った。眠りにつくのに時間はかからなかった。

マリアは、フーが腰をかがめて草むらを探しているのを見ていた。「お手伝いしましょうか?」

「いいえ、大丈夫です。私が何を探しているのか、あなたは知らないでしょう。でも、それが、あなたの人生を変えることを約束します。私たちがそれを見つけたら、すべてが変わるのです。マリア、これはあなたの人生の目的の一部なのです」と彼は続けた。

時間が経つにつれ、マリアは焦り始めた。フーは何時間も探しているようだった。

マリアは二、三歩下がって空を見た。彼女はフーが地面を探すのにフォーカスしていたが、顔を上げて初めて、自分たちがどこにいるのか気づいた。そこは、マリアとセバスチャンがキャンプ場で最初の夜を過ごした場所だ。フーはマリアがテントを張った場所の近くにいた。

「ここが茶室の元の場所でした」とフーは説明した。「キャンプ場が大きくなるにつれて、茶室は今の場所に移されました。もともとカイが農園で茶室の巻物を教え始めた場所です。私の父は、この場所をキャンプで利用できるようにした最初の人です」

「カイって誰でしたっけ？」マリアが尋ねた。

「私の先祖です。カイは私たち家族の中で最初に日本からここに移ってきた人です。彼は、彼の兄から耶蘇（イエス）を紹介され、アジア各地で巻物を教え、福音を広めるという目的を持っていました」

「ペンダントは、ここのどこかにあるのです」。フーは叫んだ。「今、あなたはそれを見つけなければなりません。あなたがそれを見つけるまで、私の一族におけるあなたの目的と立場は実現できないのです。これを見つければ、あなたとマーティンが日本へ行かなければならないことがわかるでしょう」

「なぜ私たち二人が日本に行くのですか？」マリアは知りたがった。

「このペンダントと他のペンダントを再結合させるためなのです。あなたがこれを見つけることで、聖霊があなたについて私に告げたことを確認することができるのです」

マリアはベッドに背筋を伸ばして座った。そして、もやもやを晴らすかのように目を拭った。マリアはすぐにベッドから起き上がると、床にひざまずき、頭を下げて祈った。

「天のお父さま、私の心を澄ませて、今しがた見た夢を思い出すのを助けてください。もしあなたが、この農園で行うべき私の計画と目的を持っておられるなら、すべての疑念と不安を消し去るような方法で示してください。あなたが示されることが何であっても喜びをもって従います。あなたが道を導いてくださる方であることを知ることができるようにしてください。アーメン」

マリアは日記を書き終えると、携帯電話を手に取った。それは、深夜の一時過ぎだった。フーを起こす危険は冒したくなかったが、フーは夢が戻ってきたらすぐに知らせるよう指示していた。彼女はフーにテキスト・メッセージを送った。

「また夢を見ました」とだけ書いて送った。

マリアが携帯をテーブルに置くと、すぐに着信があった。

「私も夢を見た」とフーからの返事があった。「話を聞きに行ってもいいかい？」

「もちろん」と彼女は答えた。

彼は十分もしないうちにキャビンのドアをノックした。

「ポーチに座って少し話そう」とフーは提案した。二人はポーチに上る階段に隣り合って座った。

「まず君の夢について、そして僕の夢について話そう」

マリアは夢の詳細を話した。マリアは夢の中で二人がいた場所とテントの近くを説明した。そしてフーに、彼が夢の中で言ったことを話した。カイについての詳細は重要なことだった。フーがマリアの運命と家族の中での居場所について言ったことも同様に重要だと彼女は思った。

フーはマリアの話を遮ることなくすべて聞いた。

マリアの話が終わったことを確信すると、フーは首を傾けながら、夜の闇を見た。

「この三十年間、時々そういう夢を見てきたんだ」とフーは話し始めた。

「君と初めて会った日の夜までは、長い間同じような夢を見てきた。しかし、君と会った夜、ペンダントの夢だけでなく、君の夢も見たんだ」と彼は続けた。

「どんな夢だったの？」マリアは質問した。

「私たち家族は、カイが日本に行く前に、オリジナルのペンダントの一つがこの農園に存在していること。また、彼は日本用のペンダントを直接織田温泉に持ち込んだこと。他の六つのペンダントは、カイが茶室の巻物を使って聖書を教えた他の国々に運んだこと。そして、やがて、八つのペンダントはそれぞれ、適切な時期に日本に集められることになることを信じていた。

私は、あなたが行方不明のペンダントを見つける夢を見た。そしてペンダントを見つけた後、あなたとマーティンは日本の私の祖先の土地にペンダントを持っていく計画を立てるのだと」

フーは微笑んだ。「ペンダントに関する私たちの家族の記録のコピーを持ってきました。これはあなたのものです。私は神様からの確認を待っていました。神様は、私がそれらのことをあなたと分かち合うべきだという確証を与えてくださったのです」

◆神様の恵み

「聞こえた?」ある日、カイは、レイヤと散歩を終えて森の端にさしかかったとき、そう尋ねた。レイヤは歩みを止め、周囲の音に集中した。「何が聞こえたの? 私には何も聞こえなかった」とレイヤは答えた。

「そのとおり。静かすぎるくらいだ。農園の音か声が聞こえるはずだけど」とカイ。

カイの背中でチンギスは眠っていた。いつもなら遠くに聞こえる作業員同士の話し声が聞こえない。カイとレイヤが家に近づくにつれ、そこは閑散として見えた。

レイヤはチンギスを寝台に寝かせるために家の中に連れて入ったが、その間にカイはどうなっているのか確かめるために商品配送の建物に向かった。作業員はその日の業務を終えていなかったはずだが、一人もいなかった。

誰かが声を聴いて、状況を説明してくれると思い、カイはできるだけ大きな声で「ハウ」と叫んだ。数分農園を歩き回ったが誰にも会わなかったので、カイは家の方へ走った。何かがおかしかった。ハウを呼ぶ叫び声に反応する者は一人もいなかった。カイは玄関を入ると、恐怖と不信に襲われた。そこにはレイヤ、ジュウ、ハウが立っており、イーチェンと十人の部下に囲まれていた。イーチェンの腕の中には息子のチンギスがいた。

「もしお前が心ある男なら、彼らを解放して私を連れて行け」とカイが言った。

イーチェンは笑いながら首を傾げた。

「心ある男ならだと？　私はお前の妻、息子、親しい友人を完全に支配してここに立っているような男だ」

イーチェンはカイに向かって数歩歩き、片手でカイを指差し、もう片方の手でチンギスを抱いた。そして「もしお前が心ある男だったら、彼らをこのような立場に置くことはなかっただろう」と叫んだ。

突然、ハウはイーチェンに向かって飛びかかったが、他の二人の男が、すぐに彼をつかまえた。彼らは数ではるかに勝っていた。イーチェンが優勢だった。

騒音と騒ぎにチンギスは驚き、大声で泣き出した。レイヤは本能的に息子に近づこうとしたが、イーチェンの別の部下が妨げ、レイヤを無理やり地面にたたきつけた。

カイは動かずにその光景を見ていた。カイは待つ必要があると考えた。彼は祈り、野原から労働者たちを連れてくるよう神に願った。彼らは競技場を整備しているはずだ。

「もう十分だ。君たちは私を捕らえたいのだろう。部下を集めてくれ。君の勝ちだ。私が降参するので、彼らを放っておいてくれ」

「大体、そのとおりだ」とイーチェンは答えた。「お前が、私の家で私を無礼に扱ったから、お前に大きな苦痛を与える。でも、それ以上に、お前が信じていることのせいで、お前が基督教というよこしなもので影響を与えたかもしれないすべての人に、お前たちの信仰がどこに導くのかを見てもらいたいのだ」

イーチェンは振り返り、部屋にいた部下たちを見た。「彼の言うとおりだ。少なくともこの家の中ではこれでいいだろう。他の者たちと合流して、カイの神がどれだけ偉大なのか見てもらおうではないか」

イーチェンとその部下たちは外に出て、農園にある集合住宅の方に向かった。イーチェンは、彼らが施設に近づくと、そこにいなかったもう一人の部下を大声で呼んだ。

「全員連れてこい。彼らに傍観してもらうことだと伝えろ。もし抵抗したり逃げようとする者がいたら、その場で殺せ。私たちが望んでいるのは、いるのは、彼らに傍観してもらうことだと伝えろ。終わったら、自由に出て行ってもらう」

カイが労働者を見つけられない理由がようやくわかった。イーチェンは小さな軍隊を連れてきており、農園で働く労働者たちを離れ倉庫の一つに拘束していたのだ。誰かが抵抗したり逃げようとしたらどうなるかという見本を示すために、すでに一人が殺されていた。労働者たちは皆、開けた場所に大集合していた。

カイは膝をつき、皆の注目を浴びながら労働者たちと向き合っていた。チンギスを抱きかかえたまま、イーチェンがカイに横から近づいた。イーチェンはカイの胸を思い切り蹴り、カイは後ろに倒れた。

イーチェンは、グループの全員に聞こえるように大きな声で言った。「お前たち全員が、基督教信仰についてこの農園で教えられてきたことを知っているわけではないことは十分承知している。お前たちの誰が耶蘇(イエス)を信じているのか私には知る由もないので、外国の宗教に導かれて道を踏み外した場合の結果を、全員に確認しておきたいのだ。

この男は、耶蘇(イエス)・基督を信じれば永遠の命が得られると、お前たちの多くを説得しようとしている。その命がどれほど長く続くのか、私が教えてやろう」

イーチェンは数歩走ってカイの肋骨を思い切り蹴った。カイは痛みで悲鳴を上げ、膝をできるだけ顎に近づけた。それからイーチェンは、泣いている赤ん坊をずっと抱きかかえたまま、彼の顔を蹴った。

「膝を立てて起き上がって、前を見ろ」とイーチェンはカイに叫んだ。「お前が一番学ぶべきで、お前が自分自身で見るんだ」

「こいつの妻を連れてこい」とイーチェンは要求した。

部下の一人がレイヤを連れてカイの横に立った。イーチェンは赤ん坊を男に渡すと、レイヤの髪を摑み、群衆の方を向かせるように引っ張った。

「人を千回切っても、出血して死ぬことはないと言われている」。イーチェンはカイを見つめたまま、皆に聞こえるように大きな声で言った。「彼女はそんなに長くはもたないだろうが」

彼は鞘から刃渡り十五センチの小刀を取り出した。

それをカイに向けながら、イーチェンは言った。「ただ見ているだけでなく、数がわからなくならないように、大きな声で数えるんだ。もし数えなかったら、今何番目か思い出すまで、息子は切り傷を負うことになる。基督教徒の生活がいかに永遠のものであるかを、身をもって知ってもらおう。でも、もっといいことがある。十字架の上から数えるんだ」

カイが目をやると、イーチェンの部下二人が十字架を持ってきた。イーチェンは部下にカイを十字架に縛りつけさせた。彼らはすでに穴を掘っており、カイはすぐに十字架にかけられるために吊り上げられた」

カイは、辛うじて十字架刑を免れた兄の信正について考えた。彼は十字架上の耶蘇のことを考え、この見晴らしの良い場所から見れば、罪人たちは自分の下にいるのだと悟った。神が彼らを見るように、彼らを見た。迷い、怒り、神と戦っている。彼は、彼らが創造主との平和を見つけるのを助けるために、彼らと交わしたいすべての会話を考えた。腕から力が抜けていく中、彼は一人ひとりのために静かに祈った。

男たちはレイヤを十字架の前のテーブルに縛り付けた。カイとレイヤはお互いを見ることができた。カイは彼女への永遠の愛を表現した。

彼女は言った、「愛しているわ、カイ。あなたにはまだやるべきことがあると思う。でも、私たちの意志ではなく、主の意志だけ。もうすぐ会えるわ。私はこれから救い主のもとに行きます」

彼女は目を閉じ、祈り始めた。

最初の切りつけから、レイヤは決して泣き叫ぶことはなかった。彼女は、耶蘇の約束どおり、神の国が彼女に下ったことを知っていた。彼女はマタイの福音書五章十節「義のために迫害されている者は幸いです。天の御国はその人たちのものだからです」の証人となった。レイヤは確かに祝福されていた。穏やかな微笑みが彼女の顔から消えることはなく、聖書に記されているステパノの石打ちをカイに思い出させた。

カイは必死に意識を失わないようにしながら、数を数えざる得なかった。続けなければ、イーチェンの悪が息子に牙を剝くことを知っていたからだ。カイに残された守るべきものはチンギスだけであり、彼とレイヤは絶望的に死へと向かっていた。

レイヤは大声で祈り続けた。彼女は迫害者たちの赦しを祈った。チンギスとカイのために祈った。悪を目撃しているすべての労働者のために祈った。

祈れば祈るほど、イーチェンはより怒り、より激しく反応した。彼女の霊が耶蘇(イエス)の腕の中に逝くのに時間はかからなかった。

レイヤが亡くなったことで、カイの緊張はほぐれ無意識に陥りやすくなっていた。カイの身体は断続的にぐったりとし、息苦しくなった肺に息を吹き込もうとして意識がもうろうとしていた。

カイの死を待つ間、イーチェンの部下たちは農園内のすべての家屋を燃やした。すべての労働者の衣服と所持品は徹底的に焼却された。イーチェンは、誰もこの場所に戻りたいと思うことがないことを確認した。さらに、農園で教えられていた基督教の信仰を跡形も残さないようにした。

カイが亡くなったことが明らかになった後、労働者たちは、カイ夫妻と同じ運命を辿りたくなければ、できるだけ早く農園を去るように言われた。

解放されると、彼らは全速力で走り出した。何人かは森に向かったが、ほとんどは門に向かって走った。まるで太陽が自分たちから離れていかないようにするかのように、彼らは夕日に向かって走った。くねくねとした長い影が後に続き、彼らの心がこの悪の影を決して忘れないことを思わせた。

ハウは森に入り、茶屋に着くまで走る速度を緩めなかった。イーチェンの部下たちは、森がどれほど奥まで続いているのか知らなかったので、茶室は火をつけられていない唯一の建物だった。

やがて不気味なほど静かになった。邪悪なものはすでにやってきていたのだが、闇が降りてきた。森を抜け出したハウは、この先何年も彼を悩ますことになる光景を目にした。満月が農園を照らしていた。何本もの煙が空から立ち上り、まるで地球が下劣な場所であるために神を見つけなければならないかのようだった。


十字架の上にいるカイの影は、丸く淡い橙色の月を背景に完璧に中央に位置していた。カイの下には、レイヤの生気のない体が平らに横たわり、両腕は縛り付けられたままのテーブルの両脇に広がっていた。

ハウはカイとヒノムの谷について話したことを思い出した。ユダヤ人がゴミを延々と燃やし続ける、まさにこの世の地獄のような場所だ。彼は身震いした。

ハウが十字架を穴から出すには超人的な力が必要だった。カイが地上に降りると、ハウは彼の手足を木の十字架から解いた。ハウは地面にひざまずき、カイの胸に手を置いた。そして涙を流しながら、静かにこう叫んだ。「神様、なぜ？」

ハウはカイの胸が少し動いたような気がした。彼はカイを横向きにさせ、咳をさせた。そしてカイの口から血が流れ出た。

「カイ……」。ハウは心配そうに言った。「聞こえるか、カイ？」

ハウはカイの耳元まで身を乗り出し、彼に聞こえるような大きな声でこうささやいた。「私がついてるから」

ハウはカイを励まし続けた、「息をしろ、カイ。みんな居なくなった。咳をして、必要なだけ大きく息をするんだ！」

「レイヤは？」カイはささやいた。

◇私はそれを永遠に思い出すだろう

その夜から数日間、マリアは古い記録を読みふけった。その記録は明確なところもあれば、不可解なところもあった。例えば、ハウが記録した一六二七年にレイヤが襲われ、カイが危うく殺されるところだった。

しかし、レイヤの墓とペンダントの場所についての記述はそれほど明確ではなかった。墓に関する唯一のメモは、無名の墓の場所を特定するのに役立つという意味の図で示されていた。図面は単純な三角形で、距離も書かれていた。三角形の三番目の点には「墓」と書かれていた。他の二点は無印だった。他の二点を知らなければ、墓を見つけることは絶望的だった。マリアは、残りの二点は昔の人々にとって重要で明白なものだったに違いないと推測した。

フーはいくつかの追加情報を共有した。一説によると、その目印の一つはカイが磔（はりつけ）にされた場所だという。そしてその場所は、地面に石の十字架で示されていた。

マリア、マーティン、フーは、その石の十字架を見つけた。それは三つの石でできた粗末な十字架だった。二つの石で「T」を作り、小さな三つ目の石を上部に置いて十字架を完成させていた。それが始まりだった。その夜、彼らは三つの点の一つを見つけたので、マリアはぐっすり眠った。

翌日、マーティンはマリアを散歩に誘った。「農園で一番好きな場所を紹介したいんだ」

二人は話しながら、農園の一番高いところまで歩いて行った。頂上に着くと、マリアは茶葉がこのような環境で育つことに驚いた。

マリアは震えながら呟いた。「シャツを余分に持ってくるように言われた理由がわかった」

マーティンは言った。「そう、ここは素晴らしいところでしょう。栽培地帯が違うんだ。ほぼ毎日、ここはずっと涼しいんだ。レイヤはここで、日本に送るための茶の苗を抜いたようだ。信正は、この高山条件で育つ品種を必要としていた。ダージリンを彷彿とさせるが、少し果実味が強い。また、ダージリンと違って、この茶葉は長く蒸らしても苦くならない」

「マーティン、私はいつもスモーキーな紅茶を飲んでいたので、この紅茶は飲んだことがない。下に降りたら飲んでみたいので、思い出させてね」

マーティンは答えた。「わかった。我が家にはちょっとした隠し場所があるはずだ。最近、火で味付けられたお茶の需要が高いので、この品種を数年間燻製にしている。この茶葉を空気乾燥させると、中国茶の中でもきらびやかな逸品になるのに、残念だ」

農園の頂上は北側に開けており、この方角から風が吹き込み、霧雨のような湿った雲を運んでくる。雲は山の北側を巻き上げ、谷から上がってくる南の気流にぶつかる。その交差する点で雲は分散する。一方は曇り、もう一方は晴れる。そこは特別な場所で、神秘的ですらあった。

雲に覆われた尾根を茶摘み道に沿って歩くと、眼下にキャンプ場と農園の建物が見えてきた。

「マーティン、素晴らしいわ！」喜びのあまり、彼女は彼の手を握り返し、自分の中に引き込んだ。

マーティンはマリアに寄り添い、後ろから抱きしめた。彼は声を低くし、彼女の耳にそっと話しかけた。

「そう、ここは素晴らしい場所だね。とても美しい。これを君に見せる機会をずっと待っていたんだ！」

マーティンの腕がマリアを抱きしめ、彼女の腕がマーティンの腕にからんだ。マリアは、彼が自分に近づくことが正しいことだと伝えるために、彼を強く抱きしめた。

「待っていたのには理由がある。あなたと初めてキスをするとき、この地球上で一番好きな場所にいることを確かめたかったの」

マリアは腕を放し、彼に向き直った。彼女は彼の目を見上げた。彼女は正しいと感じた。ここ、中国の山の上で、彼女の人生は急速に変化していた。そして、彼女はその変化を望んでいた。彼女は情熱を求め、息を呑むような何かを求め、二十一年間肺にこびりついていた古臭い空気を取り除くために中国に来たのだ。彼女はイエスを見つけ、そして今、マーティンを見つけた。

「私にキスする許可を求めているの？」彼女は手を伸ばし、彼の漆黒の髪に指を通した。彼の後頭部を撫で、唇が彼女の唇からほんの二センチあたりのところまで、優しく彼を近づけた。

彼は、今までの誰よりも近くから彼女に話しかけた。以前であれば、近すぎると感じただろう。しかし今、彼女の情熱は内側で燃え上がり、いつ彼がその距離を縮めてくるのか気になっていた。

「そう、僕は君にキスしてもいいのかを求めているよ、マリア。太陽が雲と出会うこの山で君にキスをしたい。二つのエコシステム（生態系）が出会い、混ざり合い、特別な実を結ぶこの場所で。キスしてもいい？」

マリアはもう我慢できなかった。彼女は長年、ダムにたまっていた愛が流れ出すかのように彼にキスをし、その距離を縮めた。愛が山を下り、マーティンの谷へと流れ込むときが来たのだ。マーティンはそれに応え、二人は情熱的なキスを交わした。大地が谷から立ち上がり、彼にその時が来たことを告げているようだった。まるで谷間から湧き上がる声のように、聖霊がマーティンに直接語りかけていた。

聖霊がささやいた。「彼女がその人だ」。あなたはその人のために耐えてきたので。あなたはその人を見つけた。あなたは確証を得るために適切な時を待ったのだ。そして今、あなたは彼女にキスをした。彼女はあなたのもの。あなたは彼女のもの。そして、すべては時が解決してくれる、と聖霊は付け加えたようだ。織田農園は神の知恵に従っている。約束のものには順序がある。本当に長続きさせるためには、正しい進め方がある。預言者たちから聞く耳のある者たちまで、時代を超えて書かれている私の知恵に従いなさい。知恵の道に忠実でありなさい、私の息子よ。

二人は立ち止まり、マリアは彼の腕に寄り添ったまま、そっと景色の方を向いた。

「マーティン、私はあなたに恋をしているみたい。実際、そうだと思う。でも、何事もゆっくり考えたいの。それでもいい?」とマリアは話しかけた。彼女は彼の返事を待たなかった。彼女はくるりと振り返り、彼が何か言う前に素早く彼の唇にキスをした。

キスの後、彼女は彼を見て言った。「もう早すぎたとは言わない。私は永遠に私の心の中で私たちの最初のキスを思い出すわ。私はただ……」

「わかってる」とマーティンは口をはさんだ。「僕もだよ。君のペースは僕にも合っているよ。神様のペースだ。僕たちは神様と歩調を合わせる必要があると思う。そうすれば、もっと先に進むべき時がわかると思う。そして最終的には、神様の賢明な助言の中にとどまる必要がある。僕は……ええと……結婚のために」

彼女は嬉しかった。彼女は景色を振り返って言った。「私もよ。でも、私は神様の助言に従って生きてこなかった。神様のことを知らなかった。ただ、それが正しいことであるまで、私はそれを望んでいないとわかっていた。男性たちは私を嘲笑ったけど、それは私の立場を証明するものだった。女友達でさえ理解してくれなかった。でも私は、親密さは私のものだといつも感じてきた。なぜなら、心と親密さは一緒だから、賢く選択しなければならない。私は想像の中で、見返りに親密さを与えたいとしか考えていない人に、私の心と親密さを与える決断をしたことを後悔している自分がいた。それは、心の病のようだ。それは、自分の心を過小評価する女性や男性の社会につながると思う。もし私たちが自分の親密さを過小評価するなら、私たちは自分の心を過小評価することになる。両者は切っても切れない関係にあり、もう一方を過小評価することになる。これは個人レベルでは悲劇だけど、ギリシャやローマ、その他多くの文化がそうであったことでも確認できる。墜落し、やがて燃え尽きるの」

マーティンは微笑んだ。「素晴らしい考えだよ。本当に。私は『神に従え』と言ったんだけど、今のは世俗的な言葉で現代社会の愚かさを要約したコメントだった。ブラボー！」

彼女は振り返り、もう一度彼にキスをした。「神様は何が最善かを知っておられるのだと、私は信じてる。今を精一杯生きましょう。私はあなたといるのが一番幸せ。あなたのそばにいるのが大好き。自分の考えを分かち合い、自分が安全だと知っていることが大好きよ。本当に、あなたといる自分が一番好き。神様が私たちを神様のタイミングで、御心で、また方法で前進させてくださることを知っている。そしてあなたの言葉を借りれば、『イエス様を賛美せよ！』だよね！」

彼は笑った。

近くにベンチがあり、二人は一緒に座った。

マリアは谷を指さした。「ねえ、十字架の跡に私たちの旗が見えるでしょう。墓場はあっちにあるんでしょう?」

「うん」マーティンはうなずき、彼女の手を追って右を見た。

「でも」マーティンの左側を指し言った「問題は、二点目が十字架の上なのか下なのかわからないということだ」

「そうね。直感的に上だと感じたんだけど。でも」マリアはためらった。「あなたのお父さんが、墓場はあの右の木と丘の向こうにあると信じられていると言っていたと思ったわ。谷の端の、キャンプ場の中よ」

「うん、そのとおり。谷のすぐ上の小高い丘にキャンプ場が一つある。そこは、君が最初にここに来た時に泊まった場所だと思う。その小高い丘にレイヤの墓があると考えられているんだ。過去に測ったところ、そこにたどり着いた。それに、ハウが残したメモから、彼女の墓が谷の上にあることがわかっている。彼は、農園に戻った時にカイと交わした会話に言及していて、その中で『農園を見下ろす』墓の場所にいたと述べている。しかし、その場所は何世紀にもわたって注意深く探されたけど、何も見つからなかった」

マリアの数学的頭脳はその関係をよく理解していた。「それなら、十字架の三角形の点は、三角形の下側の点に違いない。そうでなければ、十字架を頂点とする三角形を広げると、墓場はずっと下の平地になる。そうでしょう?」

「そのとおりだと思うよ、マリア。十字架を三角形の下側と仮定すると、上側はあの岩の近くになりそうだね」

「そうかもしれないわね」。マリアはベンチの上で体をくねらせ、立ち上がった。「じゃあ、測りに行きましょう!」

谷に戻ると、マーティンは二五メートルの巻き尺を見つけた。二人は十字架の中心から岩の一番高いところまでの距離を慎重に測った。九一・八メートル。家族の記録を持ち出すと、長さは〇・一五八里と記録されていた。里とは距離のことで、チャイニーズ・マイルと呼ばれることもある。フーも、二人に合流した。何年も前に専門家が雇われたのだという。彼は、一里の長さは王朝によって変化し、明の時代には著しく流動的であったが、この地域は辺鄙であったため変化が遅かったという。前の王朝(北宋)から後の王朝(清)まで、里の長さが変わることはなかった。そのため、一六二七年から二九年にかけての王朝である明の時代を通じて、里は同じ長さだった。

「しかし、残念ながら、私たちはその距離の意味を理解することができなかった」とフーは付け加えた。「三角形の頂点は、十字架から一番大きな岩の頂上まであるようだ。でも、残念ながら、うまく合わない」

マリアはすぐに計算し、納得したが、うまく合わない。地図には〇・一五八里と書かれていたが、彼らの計算では〇・二〇三里となり、大きくずれていた。マリアはがっかりした。

フーは彼女の萎えた表情を見た。「がっかりしないで！　私たち一族は、二世紀にわたってこの問題を解明しようとしてきたが、今一度、私たちは新しく見直しているところです」

彼は十字架の旗の方を指さした。「見てみると、この距離を二五パーセント縮めると、意味のないエリアになる。それでも、この距離で他の目印を両方向から探してみたが、うまくいかなかった。この岩と十字架は自然で明白な目印だが、どちらかが間違っているはずだ」

マリアはその夜、午前二時に夢から覚めるまでぐっすり眠った。夢の中で彼女はドイツのメリーゴーランドに乗っていた。彼女は何度も回って気分が悪くなっていた。年上の子どもたちは彼女を降ろしてくれず、彼女は真ん中に座っていた。ついに、親が他の子どもたちを止めて彼女を降ろすように言った。

彼女はフラフラになりながら降りた。その親は中国人男性に見えたが、中国語で彼女にこう言った。「円は三六〇度で測られたことを覚えておく必要がある。そう測られた」。彼は、「測られた」という単語を二度強調した。

目が覚めた時、ベッドがぐるぐると回っているのを想像した。心臓が高鳴り始めた。その夢を頭から消すために、彼女は足を地面につけた。回転することなく地に足がついていることを確信し、ベッドから起き上がった。

テーブルの上のノートを見た。光が虫を引き寄せるように、彼女を引き付けた。しかし、午前二時の霧の中で、彼女は、もしそこに行っても、光は彼女が期待したほど面白くなく、虫が感じるような失望を感じるだろうと思った。

彼女は実家で眠れないときは、よくパズルのテーブルに座っていた。母親はいつもジグソーパズルをしていた。マリアも、疲れを感じるまで二、三時間パズルをした。彼女は織田農園のノートを持ってテーブルに座った。他にすることはない。これが今夜の彼女のジグソーパズルだ。

彼女はまた最初から読み始めた。

ハウは上海で初めてカイに会った時のこと、危険な旅、救助、そして辛い回復について詳細にメモしていた。彼はレイヤとその家族、そして農園の立派な目的について説明していた。お茶の製法や農園の広さについて説明し、農園全体と建物の広さを示す距離の図も添えていた。そこから、カイとレイヤのラブストーリー、日本への旅、寧徳への帰還、イーチェンとのいさかい、農園への最初の襲撃が語られていた。

ハウのとても詳しく、長いメモの途中でマリアは、重要なところに飛ばしてほしいと思った。「要点を言ってよ、ハウ。ペンダントはどこなの?」マリアは大声で叫んだ。

しかし、疲れて眠ってしまうのを覚悟で、マリアはゆっくりと時間をかけて、注意深く読んだ。

ハウは焼けた家に着くと、家の後ろにある巨大な岩の配置をメモしていた。マリアはそのことに気づかなかった。彼は家の小さな図も書いていた。ベッドやナイトテーブルなど、レイヤが使っていた家具の位置も詳しく書いてあった。彼は思い出せる限りの事実を記録した。いかにもハウらしかった。

彼女はレイヤの悲惨な死の描写にたどり着くまで読み続けたが、その部分は読むのが辛かった。それまでに、彼女はカイとレイヤに感銘を受けていた。マリアは、彼らの迫害に、相反する素晴らしい物語に引き込まれたのだ。

レイヤの迫害と死に関するハウの描写は痛烈だった。レイヤはすべての人のために、大声で、迫害者も含めて、名前を挙げて祈っていた。彼女は彼らの救いのために祈り、神がいつか彼らに、彼女が今経験しているのと同じ恵みを示してくださるようにと祈った。彼女はナイフで切られたことにほとんど反応せず、神に栄光を帰し、感謝した。

マリアの心臓は高鳴り、息をのんだ。彼女の目は涙でいっぱいになった。彼女は過去に戻ってレイヤに会い、友達になり、人生、愛、神について彼女から学びたいと思った。マリアは袖で目を拭いたが、また涙が溢れてきた。彼女は嗚咽し始めた。

彼女はティッシュを取ろうと立ち上がった。涙を流しながら、両手を上げて上を見上げて言った。「神様、人にこのような変化をもたらすとは、あなたはどのようなお方ですか?」二年前、レイヤはタオに従おうとしていたが、不可能だと思った。そして、イエスが道であることを知り、彼女は変えられた。レイヤの死がそれを証明した！「神様、私はこのような信仰が欲しいのです。レイヤが持っていたものが欲しいのです！　神様」

マリアは大声で叫んだ。「神様、私は心からレイヤのような信仰を持ちたいと願っています。私の人生をあなたの御手の中に置きたいのです。あなたの望まれることを前進させるために、進んで私の人生を捧げることができるように、主よ、私を変えてください！」

やがて彼女の心は落ち着き、テーブルに戻った。彼女は読み続けた。ペンダントの位置を示す簡単な図が書かれたページにたどり着いた。このページは他のページとは対照的だった。他のページには文章と詳細な図が満載されていたのに対し、このページは三角形があるだけだった。

彼女は声を出して、「ハウ、どうしてこのページでは、もう少し詳細に説明してくれていないの?」と、つぶやいた。

彼女はその修辞的な質問の答えを知っていた。もしこのノートが悪人の手に渡ったら、やっかいなことになっただろう。手っ取り早く金塊を手に入れようとする墓掘り人なら、苛立ちを覚え、諦めてしまうだろう。ページの右上には円と北のマークがあった。北の矢印のすぐ下、輪の内側には三六〇という数字があった。マリアは、ハウが「円は三六〇度ある」という当たり前のことを、わざわざ表記するのはおかしいと思った。メリーゴーランドのことが脳裏をかすめ、中国人が「円は三六〇度で測られた。そう測られた」と言った言葉を思い出した。マリアの心はその言葉に思いを巡らせた。「測られた」という言葉にどんな意味があるのだろう?

図に書かれた寸法はすべて、長距離は里、短距離は歩で表記されていた。そして、それがどのような距離であるかは常識であった。マリアはスマホを手に取り、明朝時代の中国の距離の測り方を調べた。最初に出てきたページの一つがウィキペディアだった。マリアは息をのんだ。そこにあったのだ! 中国の里は時間の経過とともに不安定になることで悪名高い。一九三〇年の時点でさえ、その値はまた変わっていた。彼女はそれを知っていた。

しかし彼女が知らなかったこと、衝撃を受けたことは、ある時代には一里を三六〇歩と三〇〇歩を基準にしていたことだった。しかし、ハウは三六〇歩を基準に里を使ったことを示していた。マリアは素早く計算し、長さの不一致の答えを見つけたと確信した。確かに、十字架と岩の間の距離は、三六〇歩を基準にすれば正しいはずだ。

しかし、失望は誕生日パーティの悲しい顔のピエロのように再び現れた。それは一致しなかった。だいぶ近づいたが、正確ではなかった。今日測った距離はまだ長すぎるのだ。マリアは苛立った。大きな声で、彼女は長いため息をついてから言った「他に何が欠けているの？」

六・一メートル、つまり〇・〇一一里の誤差があった。眠くないマリアは、このジグソーパズルが睡眠にも答えにも近づいていないことに気づいた。

マリアはレイヤのことを思い出した。彼女はあらゆる点で立派な女性だった。この物語はレイヤの話であり、町の名前さえレイヤだった。彼らが探していた墓はレイヤのものだった。しかし、レイヤに関係する三角形の点は墓だけだった。他の二つの点は、カイの磔刑台と重要でない岩だと彼らは仮定した。マリアは、図にはレイヤに関係した何か二つのものがあるに違いないと感じた。彼女はその差を〇・〇一一里縮める必要があった。

レイヤは十字架の近くのテーブルの上に寝かされていたので、カイは妻が死ぬのを見ることを余儀なくされた。おそらく、マリアのテーブルを使う必要があったのだろう。マリアは迫害の描写に戻った。ハウはそのテーブルがカイからどのくらい離れていたかを言葉で説明した。彼はテーブルが十字架の中心にあるとさえ言った。十字架の目印は墓の正確な方向に置かれていたので、これは重要なポイントだった。

マリアは十字架からレイヤのテーブルまでの距離を換算した。それは〇・〇六里だった。マリアは答えに近づいていた。〇・一一のうち〇・〇六を吸収したのだ。彼女は玉石の近くにある三角形の点に目を向けた。同じ考え方で、三角形の点はレイヤのものだと仮定した。彼女は家屋図をめくった。彼女は岩に一番近いところから、いくつかの対象物について計算した。

家の角？　あまり意味がないと彼女は思ったが、とにかく測ってみた。十分ではなかった。ベッドは？　それはレイヤのものだった。でも、違う。遠すぎる。家の角とベッドの間でなければならなかった。ナイトテーブル？　なぜかわからないけど、そう！　完璧だ！　でもなぜナイトテーブル？　マリアは、ナイトテーブルがあった場所に宝石があったに違いないと推測した。宝石から作られたペンダントを探していたのだ！　ハウが三角形の三つの点のうちの一つにその点を選んだのは理にかなっている。マリアはテーブルから離れた。「これではっきりしたわ。なぜ今までわからなかったのだろう？　すべてはレイヤのためだった」

三角点1　レイヤが死んだ場所
三角点2　レイヤの宝石が溶けてペンダントになった場所
三角点3　レイヤの遺体とペンダントがあった場所

三角点はレイヤのことだった。ハウは、もし口頭で物理的に墓の場所を伝えるのに何か問題があったとしても、誰かが彼の書いたメモからそれを見つけ出せると考えたに違いない。

「イエス様を賛美します！」マリアは大声で言った。「イエス様をたたえよ！　イエス様をたたえよ！」

彼女は時計を見た。四時三十分だった。彼女はマーティンにメールした。「三角形の三つのポイントがわかったわ！　イエス様を賛美します！」

マーティンはこう答えた。「ハレルヤ！　着替えてすぐに行く。キャビンにいるのか？」

彼が到着すると、マリアは彼と一緒にすべての論理を確認し、ノートに書かれているさまざまな情報の断片を指摘していった。

そして、その後マリアは彼と一緒に計算をした。彼はスマホの電卓ですべてを再確認した。

「合っているよ、そして、もうすぐわかると思うよ！」と彼は答えた。

「外が明るくなってきたよ、マーティン。宝探しに行こう！」

しかし、このプロジェクトは彼らが最初に考えていたよりも複雑であることが判明した。三角形の一辺だけは簡単だった。レイヤの死亡現場から溶けた宝石までの距離は約九〇メートルで、開けた場所を横断するだけだった。しかし、三角形の他の二本の脚は部分的に森の中にあり、それぞれ五〇〇メートルもあった。彼らは二五メートルの巻き尺で測り始めたが、二五メートルごとに少しずれるために正しい角度が保てないことに気づき、すぐにあきらめた。

「マーティン、これを正確にやるにはロープが必要だと思う」

「わかった」とマーティンは答えた、「キャンプ用品店でナイロンコードを売っている。すぐに戻るよ」

◆外を向くと傷は消える

カイはレイヤの墓から数メートル離れた場所で、小さなたき火を囲んで丸太の上に座っていた。ここ数週間、それは彼の夜の儀式の一部となっていた。火をくべる音以外は、二人だけの静かな時間だった。

ハウは農園を再建することに同意していた。カイには再建するための資金があったし、それは正しいことのように思えた。農園の「遺産」はレイヤと一緒には死なせないとカイは主張した。ハウは寧徳に逃げていた数人の労働者を見つけ、三倍の賃金を支払って戻ってきてもらい、再建の機会を得た。

カイは去らなければならなかった。神のために働きを完了させなければならなかっただけでなく、レイヤを失望させるわけにはいかなかった。二人は主のみこころを共に行うことを誓っていた。彼がいない間、彼女はいつも農園にいるつもりだった。ある意味では、カイは今でもそうなのだと思った。彼女はここにいて、土の中にいて、いつもここにいる。

一人残されるのは悲しく、孤独だった。ある意味、彼はあの十字架の上で死んでいればよかったと思った。そうすれば、天国で、自分が愛した女性や救い主と一緒に喜んでいたことだろうと思った。しかし、彼は知っていた……、進み続けなければならないのだ。

第二の理由は、ハウと労働者たちを守るためだった。いずれ、彼が生き残ったことが見つかり、悪が戻ってくる。

これが彼の最後の夜だった。彼は去る前に必要なことをやり遂げた。農園はハウの有能な手に委ねられ、中国の首飾りは安全な場所に保管され、後に神が指示する人物にしか見つけられないだろう。

日本への帰路は確保した。兄や茶室、そして神と共に温泉で静養するつもりだった。日本の首飾りを兄のところに持って行き、保管してもらう必要があった。そして、次に福音を伝える国の宣教計画を立てる時間が必要だった。

チンギスがどうなったかは誰も知らない。最後に見たのは、彼らが去るように言われた時、彼がまだイーチェンの部下と一緒にいたということだった。カイは論理的に、赤ん坊はイーチェンの重荷になるから、チンギスも殺されたと考えた。しかし、チンギスの遺体は発見されなかった。このことは、カイに、いつか息子に再会できるという希望を与えた。カイは、それがわずかな可能性であることはわかっていたが、その望みに賭けてみることにした。

労働者たちが散り散りになった時、ジュウもまた姿を消した。カイには、もう二度と彼女に会えないという確信があった。妹の死を目撃し、家族が築いてきたものすべてが破壊された後、彼女がこの土地に戻りたがるとは、彼には思えなかった。

毎晩、レイヤの墓のそばで、彼は農園で知り合った男女のために祈った。実際、日中であっても、彼は本能的に彼らのことを思い出し、皆のために祈った。彼らのことが頭に浮かべば、彼らのために祈った。長い祈りではなく、神への祈願である。誰かのことを思えば、その人のために祈った。それがすぐに習慣となり、慰めの源となった。一日中、父なる神と対話することは、彼に慰めを与えたため、孤独はそれほど深くなかった。彼の心は主の愛を受け止め、それを外に向けることで平安を得たのだ。

「さよならを言いに来ました」。ハウがカイの後ろから言った。「二人とも朝早くから出かけるから、会えなくなるのは嫌だったんです。今夜は数分だけ一緒にいてもいいですか?」

「もちろんだよ。どうぞ座って」

二人は数分間、火を見つめながら黙って座っていた。

「君には多くの責任が残されている。農園の経営だけではなく、宣教も」とカイはささやいた。

「この二つの祝福は、常に私の人生における最大の責任です」とハウは約束した。

「私は時々戻ってくるつもりだ。でも、私が十字架の上で死んだと人々が思ってくれるのが一番だ。イーチェンがここに戻る理由を与えたくない。巻物は、文字が古くなって読みづらくなると、写しを作って取り替える必要がある。農園の『遺産』は未来永劫生き続ける必要がある。あなたは二年間ここにいて、農園の運営や聖書の学びに携わってきた。あなたには準備ができているし、聖霊もおられる。聖書には、聖霊がすべてのことを教えてくださると書いてある」

ハウは微笑んだ。「カイ、少し緊張しているようですね。あなたはもうすべてを教えてくれた。準備はできていますよ。神様は私と共にあります。心配しないでほしい。神様はご自分のみこころと時機ですべてを成長させてくださると私は確信しています。あなたがまた訪ねてきたとき、神様が成してくださったことを喜んでくれるでしょう」

ハウは続けた。「でも、寂しくなります、友よ。神様が私たちを繋げてくださったことに、どれだけ幸せに感じているかわかってください。私はただのチンピラで、刑務所と地獄に行く運命にありました。しかし、基督の愛を分かち合おうとするあなたの率直な決意が、上海でのあの夜、私の中で何かを引き起こした。自分の力ではなかったですが、私はあなたを守るために立ち上がった。そして今、私は基督を分かち合うという同じ開かれた決意を生きる準備ができています」。彼は少しためらいながら言った。「ありがとう、カイ。あなたは私を救う力を持つ方のもとに導いてくれました。私は永遠にあなたに感謝します。私の命の恩人だ」

ハウは最後の言葉に詰まった。彼は立ち上がり、不快な感情の表出を振り払おうとした。別れを告げるのはとても辛かったが、カイにきちんとお礼を言ったことはなかった。ハウはその言葉を口に出してほっとした。

カイは立ち上がり、ハウの肩に腕を置いた。

「どういたしまして、弟よ。だが、感謝に値するのは君のほうだ。この二年間で三回も私の命を救ってくれたんだから」

カイは最後の言葉を強調するために彼の肩を握った。

「神様は私たちの友情に油を注いでくださった。主の目的のため、そして主の栄光のために！神様は私たちを生かし、私たちが神様に忠実で有用である限り、そうしてくださると信じることができる。いと高き神様にすべての栄光を！」

◇期待する世代

彼らはロープを地面に広げ、慎重に長さを測った。そしてロープを必要な方向に伸ばした。ロープは最終的に、ある地点で合流するという理論だ。木の周りを回るのは難しい。しかも、ロープには伸縮性がある。そのため、ロープは均等に伸びる必要があった。

彼らは何時間も費やした。木の周りを回り、正しい角度を推測しながら、一本一本のロープを慎重に並べた。しかし、ロープが端で合わなくなると、片方か両方を調整しなければならなかった。つまり、角度を変えることで、他の木の周りのラインを変えなければならないのだ。フーも来て彼らをサポートした。正しい角度を探す手と目が増えて助かった。彼らは最終的に二本のロープをある一点に定め、等しい張力と樹木の調整を確信した。

ロープが合わさった場所は、従来墓があると考えられていた場所からかなり離れていた。墓があったとされる小高い丘から少なくとも一〇〇メートル以上離れた、丘のはるか上である。平らな地面から、いくつかの小山を越えて急な坂道を登っていくと、小さな台地に達し、また登り始める。ロープがつながった場所は、彼らが予想していた場所から遠かっただけでなく、典型的な墓場ではなかった。森林と岩が多いところだった。

「これは予想外の結果だ。以前、三百歩/里を基準にして測定したときは、予想していた結果になった。だからこそ、別の測定方法を検討することはなかった」とフーは言った。

「でも、金属探知機を持ってきたのに、何も見つからなかったのもそのためだろう。距離は下の平らな地面と一致していた。この上まで来たことはない」

フーは地面を指さした！「たとえあの時ここを見ていたとしても、私たちは立ち去っただろう！

こんな岩場で墓穴を掘る人はいない。下の完璧に平らな砂地と比べたら、手間がかかりすぎる。

ハウは、切り刻まれた遺体をここまで運んだに違いない。彼はおそらく一人でやっていただろうから、それはとても大変な作業だっただろう。カイが療養中だったのだから。ハウの行動は模範的だ。彼女をここまで運んだだけでなく、この岩場で墓を掘ったのだから」

「私もそう思うよ、父さん」とマーティンは付け加えた。「彼は時の試練に耐える場所が必要だと知っていたに違いない。神様が彼をここに導いたのだろうか？　この山の中腹は、まるでモーセの場面のようだ。レイヤは救い主を見いだし、福音のために進んで命を捨てた特別な女性だった。ハウのノートの記述によれば、彼女は主の完全な恵みの中で死んだ。ハウはそれを知っていた。普通の埋葬地ではこの聖女には不十分だと感じたのだろう。ここは完璧に思える」

「完璧ね！」マリアは木々の間から見える谷に向かって言った。「カイが回復した後、妻をたたえるためにここに来て、谷を眺めながら、神様に主の誠実さを祈ったのでしょうね」

「そうだね」。フーは答えた。「そしてカイがここを去るところを想像してみて。彼は船長で、四十五歳でついに恋に落ちた。たった一つの真実の愛。しかし、神様は主の働きをするために彼を生かしておいた。そしてカイはそのためにここを去った。そのような従順な性格を私は想像することしかできない。そしてハウが歴史家であり、私たちのためにこのすべてを記録してくれたことを神様に感謝する」

「さて」とマーティンは言った。「金属探知機の友人を呼ぶべきかな？ ここでビープ音が鳴るのは間違いなさそうだけど、どうしよう」。マリアはマーティンを見て、それからフーを見た。そして三人とも地面に目を向け、微笑んだ。

マリアは皆が考えていたことを言った。「まず昔ながらの方法を試してみましょう。神様はここまで私たちとともにいてくださった。シャベルで見つからなかったら、金属探知機に頼りましょう」

掘るのは簡単ではなかった。岩を取り除く必要があり、中には大きなものもあった。木の根も鋤で切り開かなければならなかった。しかし、シャベルが金属に当たるまで、そう時間はかからなかった。それは、中くらいの大きさで、厚いケースの金属製の箱だった。箱には丈夫な留め具と蓋がついていた。開口部の周りには厚いワックスが封印として塗られていた。彼らはそれを丘の上からフーの家まで運んだ。フーの妻のメリッサが、開けるのを見たがっていたことも知っていた。全員が集まり、蠟(ろう)の封印が削り取られ、フーが両手を上げて祖先の箱を開けようとした時、マリアは息を止めた。マリアは突然感動に包まれた。息が止まり、マーティンは彼女を抱きしめた。フーはマリアを見上げた。彼は両手を下げて待った。

「どうしてこんなに感情的になっているのかわからないわ。昨夜、レイヤの死の記事を読んで泣いていたの。彼女は並外れた女性だった。そして今、私たちは彼女の箱を開けようとしている。どうしようもないんだ。彼女を知っていたかったわ」とマリアはつぶやいた。

「マリア、君の感情はもっともだ。彼女は並外れた人だった。でも知っておいてほしいのは、聖霊によって生まれ変わった者にとっては、普通のクリスチャン生活を送っていたということだ。彼女の人生は普通ではなかった。なぜなら、イエス様の言う狭い門を見つける者はほとんどいないからだ、そして、彼女のように多くの犠牲を払う人はさらに少ない。しかし、彼女のようにイエス様を追い求める人は、ほとんどの人が知ることのない喜びに生きる。私たちは皆、いつかは死ぬが、残りの人生を豊かな喜びの中で生き、その中で永遠に休むことは素晴らしい贈り物である。レイヤがそのとき喜び、今も喜び続けていることは間違いない！

フーの言葉に、マリアはさらに激しく泣いた。「そうね。昨日の夜も泣いたわ。それが今、私が感じている感情なの」とフーは答えた。

彼女はメリッサを見上げ、自分の涙を認めてくれた女性を見つめた。「私はレイヤが持っていたものが欲しいの、メリッサ。正直に言いますが、今日の早朝、私は神様に叫んだ。そして昨夜も神様に懇願したのです」

メリッサはマリアにティッシュを渡した。「ほら、あなた」。そして彼女はマリアを強く抱きしめた。メリッサはささやいた。「その態度なら、レイヤが知っていたことをあなたも知ることになるわ。神様は謙虚な者に恵みを与える。そして神様はすでにそれをあなたに与えている。あなたは神様の素晴らしい僕(しもべ)となる。主はあなたに特別なご計画をお持ちなのよ、マリア」。マリアはさらに泣き、メリッサを強く抱きしめた。「ありがとう、メリッサ、あなたがしてくれたことにとても感謝しているわ。娘のように優しく迎えてくれて。愛してるわ。ありがとう」

マリアが落ち着くと、フーは言った。「箱を開ける前に、主に感謝と敬意を捧げよう」。フーは祈った。そしてメリッサが祈った。マーティンが祈りを加え、マリアは自分の霊の内側から言葉が出てくるのを感じた。彼女は、神の御心によって人々が神に近づくようにと祈った。マリアは、彼女が必要としているときに、彼女が愛に満ちた創造主についての真理を聞くことができるように、彼女が必要としている方法で教えるために時間を割いてくれる人々を連れてきてくれたことに感謝した。

祈りの後、彼らは目を開け、フーが箱に近づくのを見た。彼は分厚い蠟でできた封印の残り少ない部分を慎重に削り取った。かんぬきが開くと、彼は最後に皆を見上げた。蓋に手をかけ、無言のまま一人ひとりの顔を確認し、何も言わずに箱を開けた。

中には大量の書類があった。彼らは最初のページがハウの記録書のコピーであることを認識した。その下には年代順に他の世代のノートがあった。最後のノートは一八〇〇年代初頭に迫害によって殺された世代のものだった。

紙の束の下には薄い木箱があった。その箱の中には、待望のペンダントが入っていた。フーはそのペンダントを手に取り、少し眺めた後、心臓に当てた。何世代にもわたる期待が抑えきれずにこぼれ落ちた。フーは泣き出し、感情を隠すように妻の方を向いた。妻は泣きじゃくるフーを抱きしめた。

中国のペンダントは、それを見つけて日本に持ち帰ろうとしていた織田の先祖十八代、四百年の時を経てようやく発見された。フーは、自分だけでなく、カイとレイヤを含めたすべての先祖の感情をもって涙を流していると感じた。十字架から解き放たれたカイの安堵の息遣い、妻を失った悲しみ、アジア世界での福音宣教の呼びかけを感じた。彼は、巻物に啓示された聖句を通して、アジア人に聖書を教えなければならないという切迫感がよみがえるのを感じた。

マリアとマーティンは、フーが織田一族や日本のクリスチャンなら誰もが感じるであろう安堵感を表現するのを見ながら手を握り合った。

フーは気を取り直すと、妻に礼を言い、キスをし、振り返った。マーティンを見て一歩前に進み、抱きしめた。彼はマーティンを直視したまま、一歩離れた。

「息子よ、私は君が立派になったことを誇りに思っている。君は親切で、知的で、倫理的で、目が肥えている。そして最も重要なことは、君は神様の人だということだ」。フーの目がまた曇り始めた。「そして、神様が君とマリアにペンダントを日本へ運ぶよう油を注いでくださったのだと私は信じている」

フーは感情を抑えながら、こう続けた。「息子よ、まだ話していないことがある。私たちは、日本の温泉で、織田信正の預言の続きがあったことを発見した。信正は、日本にキリストのメッセージを伝えるために油注がれる人物に関する預言を残していた。その預言は、日本の各世代に固く伝えられてきたが、各世代に一人しか知るものがいなかった。そして、この世代まで成就することはなかったのだ。

「外国の魚」が温泉にやってきて、キリストのメッセージを見つけ、それを拒絶し、種まきのたとえのすべての土壌を生き抜き、最後に神の子とする聖霊を受け入れるまでの長いゆっくりとした旅について本を書くことが預言されていた。

「こんなことが起こった。神様は、茶室の絵巻の発案者である信正を通してなされた預言を成就させるために、一人のアメリカ人を召された。彼の名はイザヤ。預言どおり、彼はキリストを受け入れようとしなかったが、五十歳の時についに受け入れ、織田温泉に移り住んだ。また、預言されたとおり、彼は自分の信仰の旅についての本を書いた。それは日本人の国民性に似た、ゆっくりと醸造していく旅路である。あなたのお母さんと私は、その本『スロー・ブリューイング・ティー』、つまり『ゆっくりと醸造されたお茶』という本を読んだ。彼は現在、織田ノリと結婚している。最近、彼らと連絡を取っているんだ。彼らはカイが信正の末弟であることは知っていたが、それ以外はほとんど何も知らなかった。農園のことも、ペンダントのことも、カイがアジア中に茶室を広めるために旅をしていたことも知らなかった。イザヤとノリは今、温泉で日本のペンダントを探している」

フーは続けた。「この知らせを彼らにすぐ伝える。その前に、まず二人に聞きたい。このペンダントを日本に持って行くことに召されていると感じるのか？　もしそうでないなら、どうか祈ってくれないか？」

マーティンは父を、そして母を見た。そして最後にマリアを見た。そしてマリアの目を見つめながら、彼女が自分と同じ気持ちでいることを確認し、「父さん、マリアと僕はすでにこのことについて話し合ったんだ。神様が僕たち二人を召されたと信じています」と言った。

マリアはマーティンに寄り添った。そして「フーとメリッサ、あなたの祝福のもと、私たちはペンダントを日本に運び、そこから次の召命を神に委ねます。すべての栄光を神に！　イエス様を賛美します！」と宣言した。

メッセンジャーへの手紙

一八一七年　サミュエル・オダ

私たちの地域が再び基督教徒に対する大きな迫害に直面しているので、これを書いています。ここに書かれている情報は、通常、私たちの家族が責任を取れる年齢になったときに伝えられるものです。

私たちの家族の伝統が、言いようのない悪によって妨害される危険性が高いため、私たちはこの手紙と二百年分の家族の日記を入れるために、レイヤの墓の箱を開けました。最終的にこの箱を見つけた人への祝福と祈りを込めて、私たちがこの箱に再び封をしたことを知っておいてください。私たちは、神が油注がれた人をこの首飾りに導き、日本の福音をより大きく前進させるために、神の定めた時に、この首飾りが日本に持ち帰られると信じています。主の御心が天にあるように地にもなされますように。

茶室で聖書を教える方法は、織田カイがこの農園に茶室を建てて以来、私たちの遺産の一部となっています。農園で最初の迫害があり、レイヤの家が焼失した後、カイは八つの首飾りを作り、それぞれの首飾りには、茶室の巻物を通して聖書を教える特定の場所が書かれていました。やがて神様の最善の時で、すべての首飾りは日本の織田家の山で再会することになります。この箱には、中国に残された首飾りが入っています。
私たち家族の世代は、カイとレイヤ自身から始まって、この首飾りのために祈ってきました。私たちの祈りの特に重要な点は、神が私たちの家族に与えた啓示（一六八七年のメモに記録されている）に関連しています。神は私たち家族に、油注がれた女性がこの首飾りを見つけるだろうと啓示されました。その女性は、この農園で信仰を見つけ、レイヤと同じ決意と揺るぎない信仰を持っていると預言されました。その夢はレイヤが殺されて五十年後に見たもので、他の啓示でも確認されています。

もし夢が正しく、この手紙を見つけたのが女性なら、私たちの家族へようこそ。私たちは、あなたがレイヤにとって娘のような存在だと信じています。あなたはレイヤと同じ気質、決意、そして耶蘇（イエス）・基督への愛を持っています。神が日本人に御自身を現されるとき、あなたは織田家の「遺産」にとって不可欠な存在です。そして、あなたの信仰は新しいかもしれませんが、私たちは、あなたが神の恵みと耶蘇（イエス）・基督の至福の教えの中に啓示された神の国を経験するほど強い信仰を知るように成長すると信じています。

首飾りとこの手紙は、青森県郊外の山間にある日本の織田温泉に持参しなければなりません。もしこの作業が不可能であれば、聖霊はあなたを首飾りに導かなかったでしょう。この油注ぎを祝福してくださった神を信頼するように。

私たち家族の茶葉のように、あなたの信仰は火によって味付けされます。あなたの経験は時に耐え難いものに思えるかもしれません。試練、迫害さえも、時には偉大な信仰と油注ぎに伴うものです。そのような信仰がなければ、この首飾りは決して目的地に到達することはなく、最後まで耐えることもできません。「しかし、最後まで耐え忍ぶ人は救われます」（マタイ24・13）

私たちの家族のメンバーは、一六八七年以来、あなたのために祈ってきました。すべての首飾りが日本に到着した後、何が起こるかはわかりません。私たちは、あなたがこの首飾りに導かれ、信正が日本独自の聖書研究法である「茶室絵巻」を生んだ茶室にこの首飾りを持っていく祝福と責任があることを知っています。

もしかしたら、これが織田温泉への最後の首飾りになるかもしれません。今、あなたにとって大切なのは、この私たち家族の首飾りが、中国の首飾りが、そして今、あなたの首飾りが、あなたによって持ち帰られることなのです。

あなたの旅に祝福を。神はあなたの帆に吹く風に油を注いでくださいました。神は一五〇〇年代に日本の覚醒を始められ、信正、カイ、レイヤ、そしてこの農園の織田家のすべての世代を通して、そしてあなたを通して御心を前進されます。安心してください、主は始められたことを完成させるのに誠実なお方です。

子羊である主耶蘇（イエス）にハレルヤ！

《おわりに》

なぜ外国人の私が日本の歴史と文化の本を書いたのか

ランディ・ルービエ

私は外国人、アメリカ人です。日本には一九七八年から一九八〇年にかけて一度だけ住んだことがあります。しかし、人種以上にもっと大きな違いは、「和」「義理」「純潔」「立場をわきまえる」という価値観の中で育っていないということだと考えます。私はミーファースト、つまり自己中心、個人の達成、プライドという日本とは正反対の価値観の中で育ちました。

日本への赴任を準備していた時、日本人は親切で歓迎してくれるだろうが、本当の意味で日本になじむことはないだろうと、多くの友人にとても興味深いアドバイスを受けました。当時、友人たちはそれを説明しようとしましたが、私にはとうてい理解できませんでした。

一九七八年に来日した私は、カワサキのオートバイとキャノンのカメラを買い、青森県内を放浪し、伝統ある旅館や温泉に泊まりました。

私の滞在目的は三つありました。

1　静かで神秘的な日本文化を写真に収め、なぜ自分が彼らの世界に溶け込めないのか、その答えをフィルムに収めること。
2　素敵な日本女性を見つけ、恋に落ちること。
3　神道と仏教という日本の信仰を深く理解すること。

私の旅の目的は部分的には達成しましたが、どのような形で達成したかは、ここでは割愛します。私がなぜ日本になじめないのかは、日本にいる間はその理由を理解することはできませんでした。処女作の執筆を開始した二〇一七年になってから、少しずつその謎に対する光が見え始め、一九七八年から八〇年にかけて私が滞在した青森県を小説の舞台にすることを決めたのでした。最初の小説では、日本にいる間に神道、道教、仏教の信仰を追い求めた経験を書き綴りました。私の性格上、詳細を正確に把握するために、日本の文化、歴史のみならず世界における日本のユニークな位置づけについて何年もかけて調べました。

私が見つけたものは、あなたを驚かせることになると思います。読者であるあなたは日本人でしょう。日本人であることについて私が何かを教えられるものではありませんし、日本人になる方法を教えるつもりもありません。しかし、日本人がどれほど特別な存在であるか、あなた方自身が気づいていないと確信しています。つまり、私はあなたの歴史と文化の中に、あなたを驚かせるようなつながりを見つけたのです。

私が小説を通してこのような観察を明らかにすることを選んだ理由は二つあります。まず、出来事や言葉によってそれらを楽しむことができる。第二に、私は外国人であり、あなたがたの国で発言するに値する信用はないことは明らかです。概念に不信を抱く人たちは、フィクションとして片付けてもらってかまわないのです。

平安を保ち、この歴史フィクションを楽しみ、世界の中で日本人としての特別な役割について好奇心を持ち続けてくださることを期待して。

著者プロフィール

ランディ・ルービエ（Randy Loubier）

1958年、アメリカ合衆国ニューイングランド生まれ。父親から自立したビジネスパーソンになることを早くから教え込まれ、10歳の頃から有給で働くようになった。

高校卒業後、一年間大学に通い、その後アメリカ空軍に入隊。コロラド、日本の三沢（1978-80年）、ニューメキシコの基地に駐留。

除隊後、ニューメキシコ大学でファイナンスの学士号を取得した。

最初の仕事は、カリフォルニアのAT&Tで財務アナリストとなり、同社で最も若い部門コントローラーの一人となった。同時にゴールデンゲート大学でファイナンスの経営学修士号(MBA)も取得。

その後、ブルッキングス研究所のフェローやワシントンDCの下院議員の経済アドバイザーを一年間務めた。1993年、Atomic USA社の最高財務責任者（CFO）となる。その後、いくつかの企業でCFO、COO、CEOを歴任し、2012年に妻とともに高齢者向け在宅介護サービス会社360SHSを起業した。

現在、ランディと妻のジュディーには、6人の子どもと5人の孫がいる。ニューハンプシャー州ニューボストンの田舎町に住み、地元の教会で牧師を務めながら、執筆活動や、日本庭園と茶室で過ごす時間を楽しんでいる。

著者と茶室

訳者：糟谷恵司（かすや・けいし）

立命館大学卒。New Orleans Baptist Theological Seminary 修士課程卒。日本及び米国ＩＢＭに38年間勤務し2018年に退職。ＶＩＰクラブ・アトランタ・チェアマン、セカンドレベル・ミニストリー理事長、ファミリーファーストジャパン副理事長など米国および日本で活動。１男１女の父。

火で味付けされたもの

2024年7月10日発行

著　者　ランディ・ルービエ

装　丁　ロゴス・デザイン

印刷製本　日本ハイコム株式会社

発　売　いのちのことば社

〒164-0001 東京都中野区中野2-1-5

電話　03-5341-6924（編集）

03-5341-6920（営業）

FAX　03-5341-6921

e-mail:support@wlpm.or.jp

http://www.wlpm.or.jp/

ISBN978-4-264-04493-2 C0016